현대시세계 시인선 098

거미에 기대어

김진희
시집

거미에 기대어

김진희
시집

bookin
2019

自序

그러나 그럼에도 불구하고,

두 번째 시집을 내리라
낯선 찻집에 앉아 나는 생각하는 것이다
음표를 갈고 갈아 걸쭉하고 부드러운 죽이 된 음악이
눈으로, 귀로, 코로, 입으로 스며드는 나른한 찻집에서 불현듯,
비장하게, 마치 대단한 결심인 양

두 번째 시집을 내리라
이 막막함으로, 이 낯섦으로 그리고 지울 수 없는 그리움으로
얼음이 녹아 팥알만 둥둥 떠다니는 팥빙수 같은 시집을 내리라
어떠한 기대도 회한도 없이
뜨거움도 식고, 차가움도 식고
모든 것이 식은 뒤의 미적지근함으로

나는 두 번째 시집을 내리라

마주 오는 개를 슬금슬금 피하는 한심함으로
간담회에서 한마디도 못하고 케이크만 찍어먹는 소심함으로
막장 드라마의 결말에 마음 졸이는 유치함으로

그러나 그럼에도 불구하고
모든 것이 가루가 되고 녹아내린 뒤에도
스뎅 숟가락에 건져 올려지는 붉디붉은 팥알!
그 하나의 붉은 음표, 그 하나의 뜨거움, 그 하나의 돌연함으로
시집을 내리라 다시 꼬질꼬질한
사랑을 하리라

- 이 글을 쓰고 3년이 흘렀다
여전히 뜨겁지도, 차갑지도 않다

2019년 봄날

|차|례|

제2부 쓸쓸한 날들의 기록

제3부 정희네 집

제4부 하늘을 붕붕 날다

1부

거미에 기대어

대건성당

김대건 초상화가 걸려 있는 대건성당, 색색의 스테인드글라스 창 사이마다 걸려 있는 민머리 선풍기가 제각기 다른 방향으로 고개를 젓는 대건성당에서 엄마는 갓 태어난 아기처럼 솔기가 밖으로 나오도록 여름 재킷을 뒤집어입고 웅애웅애 찬송가를 부른다 가파른 내리막길 조심조심 아장아장 걸어내려오는 엄마 주름진 손 꼭 잡고 돌아오면 검은 가발을 미사포처럼 덮어쓴 화장품통이 한쪽에서 조용히 기도하며 기다리고 있다 십자가 아래 늘 낮게 엎드린 겸손하고 작은 방

제비꽃이 감리한 집

설계도를 펼치면 바람이 먼저 와 읽고 창의 방향을 일러주었다

대숲이 솨-솨아- 뼈대를 측량하고

베란다는 노을이 지는 쪽으로 몸을 비틀었다

둥근 추처럼 둥둥 떠다니며 균형 잡아주는 민들레 홀씨

아침마다 여린 부리로 못 박는 새들의 노고

그가 한 일은 고작 바람의 늑골에 계단을 놓고 빈 구멍에 개구리 울음소리를 채워넣는 것뿐.

그가 할 수 있는 일은 고작 몇 년 동안 검은 머리 새하얀 재 될 때까지 연탄처럼 활활 타오르는 것뿐.

어떤 이는 그가 태운 시꺼먼 연탄구멍들에서 밤마다 별빛이 새어나온다고 하지만

믿거나 말거나

작은 꽃 한 송이 밟지 않기 위해 조심조심 피해가는 주인이 살고 있는 집

보랏빛 제비꽃이 깐깐하게 감리한 그 집에서 살고 싶어라

골똘한 비둘기

비둘기 한 마리 보도블록에 서 있다
발 아래 새우깡 부스러기 낭자하다
새우깡이 아니라 생새우 몇 마리
부리로 해체해
살점을 뜯어먹은 듯
밥상 물린 자리가 처절하다
땅 쪽으로 불룩하게 하강곡선을 그린 아랫배
감히 날아오를 생각도 못하고 망연히
비둘기는 서 있다
다만 서 있다
사람이 다가가도 옆으로 움직거릴 생각도 않는다
이곳에서 먼, 바다의 물큰한 비린내를 맡아버린 것일까
비둘기는 골똘하다 비둘기는 쓸쓸하고,
바람은 불어
롯데수퍼 가판대 꽁꽁 싸맨 푸른 가빠자락이 풀썩인다

누가 나의 뼈에 나의 살에 나의 눈에 회색 덮개를 씌우는가

이팝나무꽃 허옇게 피어오르고
비둘기는 제 몸을 덮는 가빠가 되어버린 얌전한 두
날개를 내려다본다

꿀렁꿀렁 발을 굴리는,

비 온 뒤
키 작은 향나무
군데군데
작은 구름들을 거느리고 있다

빗방울이 맺혀 반짝이는 거미줄
촘촘히 직조된 투명 랩 조각들

향나무 둥근 굴곡 그 사이 빈 공간마다
추락방지 안전망을 쳐놓은 거미

빗방울은 안전망을 거쳐 안심하고 향나무로 스며
든다

향나무는 오리발 같은 갈퀴를 얻어 질펀한 우기雨期
를 지혜롭게 견디겠다

허공을 채우고 허공을 보여주는 거미의 철학
그 사유의 치밀함은 또 어찌할 것인가

수십 개의 안전망 위 수십 마리 거미가 분주하게 왔다갔다 한다
지금 한창 공사 중인 거미도 있다

출렁이는 구름다리
제가 지어놓고 튼튼한지 보려고
꿀렁꿀렁 발을 굴러보는,
거미

화명수목원

삼발이처럼 붙어서 사이좋게 자라는
향나무 세 그루
가운데 나무는 제 옆 친구 다칠까 가지도
뻗지 못한다 얼핏 보면 한 그루 같은데
아래쪽을 보면 둥치가 셋이다
다리가 불편한 시어머님은 쉬엄쉬엄 걸으시고
엄마는 내게 바싹 붙어서 걷는다
엄마, 저기 엄마 동생 풀명자!
이명자 엄마는 웃는다
두 어머니는 신기한 듯 미모사를 만져보고
활짝 웃으며 사진을 찍는다
어디선가 달콤한 향기가 바람결에 실려오고
우리는 홀린 듯 금목서 앞에 서지만
주황빛 자잘한 꽃을 손바닥에 올려놓으니
그 단 향기가 감쪽같이 사라진다
향원익청이라는 말이 말갛게 떠오른다
꽃이 예쁘고 나무가 좋으니
나도 이제 나이가 들었다
나이도 들고 흙내도 들고 바람도 들었다
향기에 취해 못 느껴서 그렇지

세월은 늘 우리 곁에서 달고 쓴 향기를 내뿜으며
엄마 가까운 자리까지 나를 끌어당기고
한 그루 나무처럼 뭉뚱그려주었다

무엇에 대한 증서로

한겨레신문 영수증을 찢어주는
남자의 오른손목이 뭉툭하다
잘려나간 손
둥글게 마무리된 손목 위
영수증 다발에서
한 장이 힘겹게 찢기고
2만 원을 내미는 내 손이 무안하다
남자는 또 더딘 손길로 주머니에서
잔돈 이천 원을 꺼내 건넨다
나는 그의 손이 있던 자리를 가늠해본다
자유롭게 젓가락질하던,
새로 이사 간 집 벽에 텅텅
웃으며 망치질하던, 사랑하는 아이의
머리를 쓰다듬고 빗질해주던,
퇴근길 누군가에게 문자를 보내던,
그 손을 빼꼼히 열린 문틈으로 감히 상상한다
남자는 무엇에 대한 증서로 오른손을 통째로 찢어
건네야 했을까
남자의 등 뒤 끈적한 어둠 속
잔인한 또는 난처한 아니, 태연한 얼굴로

손을 내미는 기구한 운명의 실체를
나는 또 아프게 가늠해보는 것이다
빼꼼히 열린 문틈으로
빛을 등지고 서서,

비둘기와 쥐와 지네 그리고

1. 엄마를 떠올리게 될 줄이야

성림위생. 초록 탱크에 주름진 호스를 내장처럼 둘둘 감고 앞서가는 차. 두 대다. 하나는 호스가 좀 짧고 또 하나는 호스가 좀 길어 탱크를 여러 번 둘러 감쌌다. 소위 똥차. 똥을 버리러가는 길인지 똥을 치러가는 길인지. 전화번호 뒷자리가 2093이다. 엄마집 전화번호. 오래 전 당감동에서부터 쓰던 전화번호. 그러고 보니 엄마한테 전화한 지도 꽤 오래됐다. 엄마, 미안. 똥차를 보고 엄마를 떠올리게 될 줄이야.

2. 광안리해수욕장

뿌옇게 연무가 깔리고 간간이 빗방울도 가늘게 비치는, 광안리 비치. 해초가 얼룩덜룩 음모陰毛처럼 드러나보이는 해변가에 비둘기 한 마리. 깃털이 탐스럽고 몸이 통통하다. 해양수상레포츠 난간에 기대어 바다를 보는데 어디선가 까만 쥐 한 마리 쪼르르 달려와 우리 발 딛고 서 있는 나무 데크 아래로 들어간다. 옆에 있던 젊은 엄마들이 흡! 놀란다. 그 쥐가 다시 데크에서 나와 통로를 가로질러가는 건 나만 봤다. 짠 내. 끈적끈적한 공기.

3. 지네는 쏙 빠지고

굵은 지네가 뜬금없이 나와선 내 책상 옆에 길게 몸을 뻗고 있다. 회색 먼지 한 뭉치를 거느리고 있다. 지켜보기로 한다. 죽었나? 수업을 하면서 흘끔흘끔 쳐다본다. 지네의 위치가 조금씩 바뀐다. 녀석, 살아 있다. 마디가 분명하고 20센티미터는 족히 되는 길이다. 나는 어떡할까, 고민한다. 신문지를 덮고 밟는다. 아이들은 눈치채지 못한다. 죽었나? 쓰레받기로 쓸어담는데 지네는 쏙 빠지고 신문지만 담긴다. 그리고 지네는 살아 있다! 선생님 몸무게 정도면 깔려죽었을 거예요, 금호 말이 틀렸다. 내 몸무게를 이겨냈다. 결국 금호가 신문지 치우고 지네만 쓰레받기에 담아 창밖으로 버린다.

4. 다시 똥차

똥차 두 대는 각기 다른 길로 접어든다 한 대는 중간에 사라졌고 한 대는 화제까지 와서 마을길로 들어간다 제 몸을 채우고 짓누르는 냄새나는 인간 배설물의 무게를 이겨내고 똥차는 묵묵히 굴러간다

옹기마을에서

옹기마을에는 옹기 굽는 사람들이 옹기종기 모여 산다 터널과 가마가 구분되지 않아 도공들은 기차 터널에 옹기를 빚어 넣기도 하고 기차가 길을 잘못 들어 옹기가마에 들어가기도 한다 가마에서 잘 구워져 나온 기차가 철로를 달리면 달각달각 옹기 부딪치는 소리가 나고 그 안에 타고 있던 사람들은 잠깐 꿈을 꾼 듯 후끈한 몸, 길게 기지개를 켜고 각자 역에 내려 달각달각, 달각달각 제 갈 길을 간다 알 수 없는 슬픔에 공명하며 끄덕끄덕 세상 속으로 걸어간다 옹기마을에서는 함부로 뱉은 말을 빚고, 굽고, 유약 바르고 다시 굽고 그 중 하자 있는 건 망치로 깨부수고 쓸 만한 말만 골라 마당에 내어놓는다 한쪽에 쌓인 사금파리는 지나가는 기차가 철컥철컥 기워놓기도 한다 옹기마을에는 뜨거운 철로를 지나온 검고 빛나는 말들이 저녁놀에 옹기종기 모여 있다

돈 생각

내가 하면 현실감

남이 하면 속물근성

거미에 기대어

엄마집 천장을 가득 메운 거미줄
천장과 벽이 만나는 솔기에 실밥처럼 너덜너덜 붙은 거미줄
엄마집은 거미가 부족部族을 이루었다
거미의 엄마, 거미의 아빠, 거미의 할아비의 할아비까지 죄다
엄마집에 모여 엄마 숨결을 나누며 살고 있다
나는 붉은 플라스틱 의자를 딛고
거미줄을 치우다가
살아 있는 거미를 만나기도 하고
죽은 거미를 만나기도 한다
거미는 비쩍 마르고 눈에 잘 띄지도 않는다
벌레대신 엄마의 손톱이나 머리카락을 먹고
살았을 것이다 그것마저 없는 날엔
낡은 벽지를 갉아먹었음이 틀림없다
그렇지 않고서야
몸통이 저렇듯 벽지 색깔과 일치할 수 있겠는가
도망도 안 간다
가느다란 다리로 빈약한 몸통을 지탱하고
허술한 유모차에 기댄 노인처럼 간신히 서 있다

제 집을 철거하는데도 가만 보고 있다
가끔 엄마가 먹는 국그릇이나 물컵에 스며들어가기도 했을 거미, 거미줄
엄마가 성모마리아 앞에 기도할 때
같이 고개를 조아리고 여덟 다리로 성호를 그렸을 거미

독거와 거미 사이
뜯어진 외로움의 솔기마다 바늘 같은 다리를 갖다 대었을
거미, 거미줄

얘야, 내가 니 어미란다

먹물 묻은 손

먹물 묻은 손으로 얼굴을 만졌는데
얼굴 인상이 순식간에 칙칙해졌다
아이들이 웃고 어떤 아이는 수염 아니에요?
순진하게 묻는다
문질러도 지워지지 않고 더 번진다
입가에만 묻었던 것이 얼굴 전체를 어둡게 한다
나는 조금 침울해지려 한다
당장 씻지도 못하고 거울 속
낡은 신문지 같은 얼굴을 께름칙하게 쳐다본다
내 얼굴에 쓰여 있던
희미한 노화와 우울의 활자들이
먹물을 만나 거무튀튀 되살아난다
안정만을 갈구하는 신문,
지독한 보수와 구태의연을 날마다 보도하는 신문,
눌리고 들러붙어 떼어낼 수도 없이 곤죽이 된
오래된 신문
나 혼자만 정기구독하는 1인 신문
그 가죽신문을 펼치고 사십 년 남짓 용케 버틴 셈이다
참 오래 견뎌온 셈이다

뚱보식당

범일동 뚱보식당은 오래 되고 낡아 웃풍이 심하고 탁자 다섯 개를 길게 이어붙이고 마주 앉으면 운신할 공간이 거의 없어 달걀판 달걀처럼 제자리에서 고개만 이리저리 돌리며 붙박여 있어야 한다 가스레인지 위에선 소고기를 듬뿍 넣은 전골이 끓고 앞치마를 두른 숙모님은 차곡차곡 포갠 앞접시 위에 스텐 국자를 얹어 탁자마다 올려놓으신다 어머님이 해온 호박버무리, 작은 시외숙모님이 아침에 바로 끓여온 메밀묵이 놓이고 고성 시누가 썰어온 회는 초장에 몸을 담그기 바쁘다 늦게 온 사람들을 위해 몇 명은 달걀곽에서 나오고 그를 위해 몇 사람은 몸을 앞으로 숙여야 한다 그래도 가운데쯤에 쪽문이 있어 답답한 출입이 숨통 트인다 그 문으로 나가면 줄 당겨 물 내리는 좁은 화장실이 있다 음식으로 배 불리고 케이크에 불을 켠다 어머님은 기다란 곽의 한가운데 균형을 잡고 앉아 웃풍의 힘을 빌려 한번에 훅! 촛불을 끄신다 백발이 뭉게뭉게 크림처럼 피어오른다 러시아 마트로시카 인형처럼 비슷한 생김새에 크기만 다른 네 명 세트 삼대 친족들은 앉아서, 일어서서, 혹은 반만 일어서서 손뼉을 친다 기다란 곽이 출렁인다 뚱보 시외삼촌은 커피물을 올리신다

베데스다병원

28, 28, 30

3월 달력. 28일이 두 번 있다 베데스다병원에서 받아온 달력 베데스다병원, 옛 이름은 삼성병원 그 유명한 삼성기업과는 아무 상관이 없는 삼성병원 교통사고 전문병원 십 년 전 원인 모를 어지럼증으로 삼성병원에서 진찰받은 적 있다 잘해주세요 이 피곤에 찌든 얼굴 좀 보세요, 의사가 남편에게 말하고는 링거 한 대를 처방해주었다 나는 잠깐 구겨진 얼굴을 펴며 멋쩍게 웃었다 삼성병원은 이미지 쇄신을 위해 이름을 베데스다로 바꾸었다 링거만 처방하는 시시한 병원이라는 소문이 자자했었다 지금은 4월이지만 나는 부엌에 걸려 있는 3월 달력을 물끄러미 바라본다 특히 28, 28을 오래 본다 링거 방울처럼 맺힌 28, 28 소리 내어 말하면 거친 욕설처럼도 들리는 28, 28 그리고 사라진 29일을 생각한다 제때 근무교대를 하지 못하고 빽빽한 눈으로 회진하고 있을 28일의 의사를 떠올린다 꿈에서 깼는데 다시 꿈 속, 한생이 끝나고 또 같은 생을 반복하는 지겨움 따위를 생각한다 숫자들 위에는 분홍 각시붓꽃이 여섯 갈래 꽃잎을 갈퀴처럼 벌리고 있다 시행착오와 피로와 실수만이 아름다운 꽃

을 피울 수 있다는 듯 선명하고 당당하게 각시붓꽃은
피어 있다

볼록거울 두 점

매화축제로 밀리는 길 피해
어곡공단으로 돌아가다
볼록거울 매다는 걸 보았다
인부 두 명이서 작업을 하고 있었다
한 개는 이미 달려 있고
나머지 한 개가 막
꽃멍울처럼 꽃대에 맺히는 순간이었다
한 사람이 사다리에 올라서서 잡고
한 사람은 밑에서 받쳐주고 있었다
서로 다른 방향을 비출 것이다
볼록거울은
이제 갓 태어난 신생아처럼
맑았다
이제 막 벌어지는 꽃잎처럼
처연했다
상처받지 않은 영혼이란 게 있다면
바로 이 모습이리라
하늘도, 공장도, 덤프트럭도
볼록거울 속에서 아기처럼 작아진다
젖줄이 길에 이어진다

어지러운 길 혼란의 모퉁이에서
한 줄기 빛이 되어줄 볼록거울
주말 오전 한산한 공단거리
볼록거울 두 점 쨍하게 피었다

장날

벙어리 노인은
길고 빳빳하게 접어쥔 지폐로
족발 한번 가리키고
주인여자 한번 쳐다본다
푸른 지폐 속 세종대왕이
찌그러진 얼굴로 대신 주문을 한다
검정 비닐봉지에 족발 한 세트가 담긴다
세종대왕은 흔쾌히 여자의 손으로 옮겨간다

한글 창제 전에 고요가 있었노라
말의 어머니인 침묵이 있었노라

그래, 그래
크고 낡은 나무도마는
말없이 칼질을 받아내고
족발은 자음, 모음 잘게 썰린다
그 옆 두부상자에선 손두부 한 모가
희고 풍만한 몸을 일으킨다

숲속의 고물상

숲과 고물이 만나 새로운 세상을 만드는 곳 숲이 환기하는 피톤치드 향과 고물이 연상시키는 끈적한 쇳내 너덜너덜함 찌그러짐 파국 비애가 결합하여 개업한 가게 포도송이처럼 풍성한 아름드리 나뭇가지들이 고철들 위에 산소호흡기처럼 드리워져 있다 추석을 앞둔 주인은 가게에서 멀찍이 떨어져 숲도, 고물상도 아닌 그곳을 흐뭇하게 관망한다 그 옆 방앗간에선 오랜만에 누런 떡고물이 흩날린다

유등축제

내장을 다 비우고
바람과
햇빛에
가죽만 잘 말려
길 잃은 별 하나
들여놓으면
나도 저 유등이 될 수 있겠다

2부

쓸쓸한 날들의 기록

누군가는 더 크게 울고

아로니아 10킬로를 주문했다 혼자 먹기엔 가당찮은 양이다 씻어서 널어놓고 며칠을 벼르다 민달팽이 두 마리 젓가락으로 집어내고 효소를 담근다 서늘한 초가을 저녁바람 500그램, 민달팽이 타액 0.2그램, 아직 마르지 않은 물 30그램이 투명 유리병에 먼저 담긴다 간간이 미미한 한숨소리 한 줌도 딸려 들어간다 침침한 나의 눈을 밝혀줄 검은 동공 사이사이 갈색 설탕 대신 사각이는 풀벌레소리 9킬로를 가득 채우고 뚜껑을 닫는다 유리병 안에도 밖에도 작은 벌레들 울음소리 가득 울려퍼질 것이다 검은 아로니아는 그 울음들을 삼키고 삭이며 달콤하게 녹아내릴 것이다 짓물러진 눈으로 가을을 건너 겨울을 맞이할 것이다 그 사이 누군가는 더 크게 울고 누군가는 우리의 유리병 밖으로 영영 사라져갈 것이다

우리끼리 좋아도,

인터넷으로 주문한 바지는
허벅지까지만 나를 허용하고
융통성 없는 입을 더 이상 벌리지 않는다
오랜만에 느끼는 완강한 거부의 힘
그렇게 악착같이 나를 집어넣으려 애쓴 일이
나이 들어 몇 번 있었던가

신축성 없는 세월은
허벅지까지만 우리를 받아들여
입지도 벗지도 못한 상태에서 그래도
우리끼리 좋아 술을 마시고 떠들고 노래 부르고
아, 우리끼리 좋아도 세상은 좋아라
너스레를 떠는 것이지만
입지도 벗지도 못한 바지로 엉거주춤
춤도 추는 것이지만
양푼이에 보리밥을 비벼먹고
끝도 없는 논쟁에 빠지는 것이지만
사용설명서도 없는 인생에 대해 이렇다 저렇다
저마다 한마디씩 조언도 던져보는 것이지만
간절함을 찾으려는 간절함으로

서로의 얼굴을 멀뚱히 바라보다
주문한 것과 다른 삶에 어리둥절해하는 것이지만
그래도 우리는 비루하게나마 살아 있으므로
반품할 수 없는 세월을 걸치고
아, 그냥 우리끼리 좋아도 세상은 좋은 것이라

추석 무렵

지진이 일어났다
땅속 깊숙이 자고 있던 지진파가
부스럭대며 몸을 일으켰다 그때 우리는
족발집에서 인간관계의 균열에 대하여
심각하게 이야기하고 있었다
존재의 흔들림에 대하여, 그 흔들림으로
조직이 어떻게 뒤틀리는지 어떻게
혼란에 빠지는지 침을 튀기며
이야기를 나누고 있었다
사람들은 가게 밖으로 나와 전화기를 들고
불안에 떨었다 멀지 않은 원전을 우려하는
소리도 있었다 중력보다 묵직하게
몸을 끌어당기는 취기를 밀어내려고
나는 눈을 크게 껌벅이는 것이지만
여기, 소주 한 병 더!
족발접시는 비어가고 소주잔은 차올랐다
우리 믿음의 접시는 바닥을 드러내고
울분과 분노와 공포가 코 밑까지 차올랐다
자꾸 누군가를 원망하고 싶은 밤이었다

남은 지진이 간밤 우리의 침대를 몇 번 흔들었으나
아침이면
선물 세트를 든 손이 시외버스터미널 앞에서
택시 문을 무겁게 열고 나왔다

오래된 시장

오래된 시장을 거닌다
시장은 몇 번이나 풍경을 바꾸었다
간판을 바꾸거나 옮기거나 사라졌거나……
어슬렁어슬렁 더딘 걸음으로 나는
별로 긴하지 않은 물건을 사기도 하고
소문난 밀면집 마루에 앉아 차가운 밀면을 먹기도 한다
오래된 수제화가게는 굳게 유리문을 닫고
조용하다 아직 문 열 시간이 아니다
구두는 두구두구두구두구
좌우가 바뀐 채 접착제 냄새를 섞으며
포개져 있기도 하고 서로 다른 가격표를 붙인 채
그들이 타고 갈 하얀 발목을 기다리기도 한다
그 앞을 나는 하릴없이 서성인다

뜻밖에 홀가분해진 내게 오래된 일들이
낡은 간판처럼 떠오른다
이곳에서 아이를 잃은 적 있다
파출소 긴 의자에 앉아 브라보콘을 먹던 아이는
엄마를 보고도 달려오지 않았다

그 일이 오래 서운했다 그리고
시장통 신경정신과에서 약을 처방받고 어지럼증이
나았다
스포츠머리에 운동화를 신은 젊은 의사는
좌우가 불안정한 신경그래프를 보여주었다
굽높이 다른 구두를 신고 절뚝거리는 얼치기가
나였다 그날로부터 빠르게 또는
느리게 몇 켤레의 구두를 갈아치우며
나는 여기까지 왔다
멀리 가지 못했지만 그만하면 오래 걸었다

정류소에는 시장만큼이나 오래된 사람들이
뙤약볕 아래 버스를 기다리고
그들을 지나쳐 나는 아주 느리게 걷는다
오래된 시장 속에 내가 있다
이상한 슬픔 속에
내가 있다

가을 경주

1. 황리단길

아직 덜 여문 단풍잎들
한 장 한 장 펼쳐 진열해놓은
작은 서점에서
푸른 빛 감도는 시집
한 권을 샀다
이제 남은 가을
그 시집과 함께 물들 일만 남았다

2. 첨성대 옆 핑크뮬리

셔터를 누르면
앵글 안으로 들어오기 위해
급하게 공중에서 달려오는 주황빛 감
한낮의 느닷없는 별똥별
별똥별은 바닥에 철퍼덕, 터지고
기울어진 첨성대 어깨가
새로운 별자리 관측을 위하여
움찔거린다 사람들은
분홍 억새밭에 함부로 들어가
브이를 그리고

서로 뒤통수나 팔 하나, 다리 하나 또는
빈궁한 옆구리 한 켠씩 나누어 갖기도 한다

텃밭에 다녀오다

— 소설 「소년이 온다」에 기대어

텃밭에서 돌아오는 저녁,
한낮 열기에 지친 화제천은 벌써 눈을 반쯤
감고 있었다 산그늘이 섞여 어둑해지고 있었다
꿈결에 오래 그리던 강에 도착할 것이다
바스락바스락바스락바, 스락
흙을 떠나온 부추, 깻잎, 고추, 가지, 오이는
할 말이 많아진 모양이다 나는
내 속에서 번성하는 날말들을 물끄러미
본다 밭 주변 무성하게 자란 풀들이 길을
지워 장화 신은 발이 허둥대었던 것이다
말들은 마음의 길을 지우고 입으로
나오는 길조차 지워버려 졸지에
나는 벙어리가 되었다

강동호 축산
소설 속 인물과 같은 이름
열여섯 푸르른 나이에 광주에서 희생된 이름
간판일 뿐인데 가슴이 쓰리다
한 도시가 도축장이었던 때가 있었다
영혼이라는 것이 있다면 그것은 아마 저 여린 채소

를 싸고 있는 얇고 투명한 비닐봉지 같은 것이 아닐까
푸르른 육신을 온전히 감싸고 그 향기를 기억하는,
바람을 만나 바스락바스락 말을 건네는,

가위로 오려낸 종이짝처럼 붙어 일렁이는 촛불
불어도 불어도 꺼지지 않는 이름들 위로
어둠이
한 줌
한 줌
검은 흙을 뿌리고
흰 고구마꽃이 나란히 불 밝힌 다리를 건너자
세상은 마침내 어둠 속이다 흙 속이다
부추, 깻잎, 고추, 가지, 오이는 제 집에 온 줄 알고
조용하다
별빛으로 잘 다독여진 밭흙에 두 발 묻고
오늘밤 나는 얕은 잠에 들 것이다
잠결에라도 찰랑찰랑 강에 가닿을 것이다
그럴 것이다

속성으로,

농도 짙은 가을햇살은 공격적이다
눈을 제대로 뜰 수가 없다
상대방에게 피부 속까지 투명하게 드러나보일 것 같다
음흉한 속내가 다 들켜버릴 것 같다
나는 어찌할 바를 모른다
내장 속 아니, 더 깊고 은밀한 곳의 케케묵고
냄새나는 것들이 따가운 가을 햇살에
쌀벌레처럼 스멀스멀 기어나올 것 같다
태양은 이런 집요한 햇살을 어디에
숨겨놓았다 이렇게 무차별로 쏘아대는가
얼마나 오랫동안 팽팽하게 시위를 당겨왔던 것일까

자동차가 잔뜩 밀려 있는데
한 청년이 차창을 두드리며
죄송하지만 오른쪽으로 빠졌다가 가면 안 되겠나요,
그리고 어머님,이라고 덧붙인다
적나라한 햇빛 아래 나의 정체성은 어머님.
속으로 헛웃음을 친다
어머님.

그렇게 장성한 아들을 둔 적이 없건만
기억하지 못하는 삶의 한순간
쓸쓸한 연애로 잉태된 아이가
내가 모르는 곳 가을햇살 아래 벼이삭처럼 속성으로 쑥쑥 자랐을까
태양을 아비로 둔 아들
그러면 어떠랴 그래도 좋아라,
네, 네 고분고분 말한다
쌀벌레들이 화끈거리며 얼굴에 달라붙는다
그것은 뿌듯한 죄책감
신호가 바뀌고
낯선 아들을 그곳에 남기고 떠난다
날카롭던 햇살이 등 뒤에서 툭툭, 맥없이 떨어지고
다시, 아무것도 모르는 채
살고 싶어라

쓸쓸한 날들의 기록 4
—새

바람은 바람을 거슬러 제가 태어난 곳으로 일제히 몰려간다
등뼈에 힘을 주고 꼬리를 단단히 세운다

산을 넘지 못한 바람 한 줄기 꿀럭이며 창을 넘어 들어와 잠시 머뭇거린다

눈이 없는 바람은 열린 창으로만 들락거리는데 두 눈 멀쩡한 새는 출구를 찾지 못해
자꾸 유리창에 머리를 부딪친다

창을 보지 않고 하늘만 보고 돌진하기 때문이다

투명한 유리막을 보지 못하고 먼 산만 보고 날아가기 때문이다

새는 몇 번을 부딪쳐 정신을 잃는다
조금만 집중하면 제 연약한 깃털이 어디로 움직이는지 알 수 있을 텐데
두 다리에 감기는 부드러운 바람의 입김을 느낄 수

있을 텐데
새장 문은 열려 있지만 푸른 하늘은 멀기만 하다

사물함 위 지친 새를 지원이가 작은 두 손으로 모아 잡고는 창밖으로 내보낸다
새는 한동안 벌벌 떨다 날아간다
바람이 양 날개를 조심스레 부축해준다
새장 속에 우리만 남았다

쓸쓸한 날들의 기록 5
— 여자

*

오뎅사케 활짝 열린 자바라문에 기대서서 여자는 실내를 바라본다 흔들리는 눈빛 자그마한 키에 동글한 얼굴, 핀으로 모아올린 뒷머리 평범하기 그지없는 모습 하지만 여자는 이제 평범하지 않기로 작정한 모양이다 조금 전 품에 안겼던 남자를 바라보는 여자 얼굴이 불어터진 오뎅처럼 물컹하다 주인은 여자를 쫓아내고 혀를 끌끌 찬다 밤만 되면 아무 남자한테나 잠자리를 구걸하는 여자, 택시기사들이 바로 물금파출소에 내려주는 여자

*

방학식을 맞아 우리는
벌집노래방에서 거대한 벌들처럼
앵앵거리며 놀았다 탁자에 맨발로 올라가
천장을 잡고 몸을 흔들며 환호했다
허술한 아크릴판이 어긋나 그 틈으로 핏줄처럼 얽힌
나약한 전선들이 보였지만 다시 암호 같은
번호들을 누르고 스피커 위에 올라앉아
세상의 노래들과 격렬하게 접선했다

아이들은 잘 자랐고 아니, 잘 자라고 있다고 믿었으며
그것은 우리의 자부심이지만 허술한
자부심이 비끗하면서 그 틈으로 드러날
불확실과 막연함의 피복전선들
그것을 잊기 위하여 더 큰소리로 노래를 부르고
흘러넘치는 잔을 요란하게 부딪쳤다
우리의 노래가 우리들만의 노래로 그칠까 두려워서
아이들이 맞이할 거대한 벌집이
달콤한 꿀이 흐르는 세계가 아니라는
자명한 사실이 무서워서

*
울산횟집에서 서빙하던 여자를 나는 잘 알고 있다
이모, 매운탕이요 하면 순하게 대답하며
친절하게 밥상에 놓아주던 여자다
초장그릇처럼 당연하고 예측 가능한 모습
그러나
이제 당연하지 않기로 작정한 여자는,
어디로 갔을까
졸아붙은 욕망에 물을 부어 펄펄 끓이고

끈적한 여름밤의 자바라문을 스르르 접으며
덩어리째 불쑥 치미는 관능을 끌어안은 채
여자는 어디로 갔을까
어느 거리 모퉁이에 흔들리며 서 있을까

*

자정 지난 여름밤
그 내밀하고 서늘한 공기 속으로
또렷이 퍼져나가는
우리의 낮고 낯선 목소리
불 꺼진 범어탕을 지나 이미 잠겨버린 탑마트 주차장 앞에 서서
우리는 오래
택시를 기다렸다

쓸쓸한 날들의 기록 7
— 국수를 먹다

소문난 국숫집은 문을 닫고 우리는 그 옆 가게에 들어간다 옆문으로 나가 벽을 따라 기역자로 꺾어들어가면 화장실이 나오는 집이다 무심하게 벽을 따라가다 문득, 푸른 잔디마당이 펼쳐져 답답한 근시안이 초점을 맞추느라 허둥대는 붉은 벽돌 국숫집

화장실을 다녀오다 낮은 담 너머 잔디마당을 본다 오며가며 흐뭇하게 잔디를 바라보는 나이든 주인을 본다 마당 가운데 놓인 흰 테이블과 의자를 본다 고만고만한 시골집들 사이에서 조금 조금씩 마당을 넓히고 잔디를 번식시켰을게다 담장 아래엔 갖가지 푸성귀들이 바람에 푸른 귀를 펄럭인다

담 너머 보는 데 재미 들린 나는 조금은 애잔하고 조금은 목이 마른 상태로 좁은 통로에 서서 기와지붕에 슬레이트를 잇고 샤시문을 달아 공간을 넓힌 알뜰한 그 집과 키 맞추어 정돈된 잔디를 한동안 쳐다본다 마당을 넓히면서 그 집 저녁도 같이 깊어져 여름 해는 느릿느릿 계단을 짚으며 내려간다

구름 널린 붉은 하늘과 푸른 마당의 경계선 어디쯤 멸치다시 비린내가 옅게 번지는 그곳을 나는 하릴없이 서성이고 뜨거운 물에서 건져진 국수는 하얗게 말려 스텐그릇에 둥글게 담긴다

쓸쓸한 날들의 기록 17

겨울 예술회관 입구엔 지역신문이 뭉치째 쌓이고
자판기 빛바랜 음료캔 아래 붉고 선명한 '매진'
두런두런 희미한 활자처럼 남자 둘
2층 계단으로 올라간다
그제야 나는 팻말을 올려다본다
무슨 예술인연합회 사무실
그들은 어용 아닌가, 관변단체 아닌가
언젠가부터 불신하고 편을 가르는 습성이 나에게도
생긴 것일까
속으로 쯔쯧, 혀를 찬다

아메리카노, 카푸치노, 까페라떼……
세련된 이국의 격음, 경음으로 개명한
우리의 초라한 이력들이
아버지, 어머니, 자식으로 일가를 이루어
가격표와 함께 다정히 호적등본에 찍혀나올 것 같
은
커피향 자욱한,
시청민원실을 지나 대회의실로

올라갈 때
애국가는 이미 무릎을 꺾으며
계단을 내려가고 있었다
장학금을 받기 위해 나란히 선 아이들
순응적인 얼굴엔 플래너에 깨알같이 적어내려간
학습계획처럼 차분한 자긍심이 묻어났다
여러분은 이제 아무 걱정 없이 공부만 하십시오
너나없이 사진을 찍기 위해 앞으로 몰릴 때
영정사진을 받쳐들고 꼼짝없이 서 있는 여자

이승의 호적에서 팔, 다리까지 지웠으나
가슴과 얼굴까지는 미처 지우지 못한 한 사람이
여자의 두 손에 부축받아 식을 지켜보고 있었다
그 모습은 생뚱맞았다 그래서
절실해보였다 그것은 이미 마감되었지만
완결되지 않은 액자 속 삶처럼도 보였다
빛바랜 매진 자판기 앞에 서 있는 것처럼, 그리고
우리에게 남아 있는 미지근한 삶을 마주한 것처럼
쓸쓸한 일이어서
모아쥔 두 손에 힘을 주기도 했지만

시청민원실 앞을 지날 때면 다시
허술한 감각을 점령하는 진한 커피향에
모든 걸, 그 모든 걸 쉽게 잊기도 했다

쓸쓸한 날들의 기록 18

도로를 질주하는 자전거
펭귄의 짧은 날개를 흉내내며 펄럭이는 잠바자락

어느 날 연구회 모임,
꺼림칙한 소문을 달고온 사람 옆에 앉아
나는 식은 김밥을 씹는다
터진 김밥에서 단무지처럼 삐져나오는
편견과 선입견에 당황하고 자책하며
꾸역꾸역 입 속에 밀어넣는다
그녀가 펼친 비고츠키 책을 곁눈질로 본다
허공에 떠도는 바람 한 점 한 점 모아
거대한 풍력발전을 일으켜 우리 아둔한 정신에
반짝, 밝은 불을 밝혀준 비고츠키
관계의 교육학
그는 서른여덟에 폐결핵으로 죽었다
그녀의 볼펜이 흔들리며 문장을 훑고 지나간다
불규칙한 머리카락 같은 선들이 활자 위에 떨어진다

우리가 우리 자신일 수 있는 것은 다른 사람들을 통
해서다

그녀는 자꾸 엉뚱한 곳에 밑줄을 긋는다
불안하다
그녀가 타전하는 말들은 자꾸 어긋난다
아슬아슬하다
주파수를 잃은 말들이 고요한 허공을 떠다닌다
난방기가 뿜어내는 열기에 이리저리
밀려다니며 팽창한다

날개처럼 보이지만
사실은 바람에 펄럭이는 낡은 잠바자락에 불과한 것

우리는 인간에 대해 얼마나 해석하고 이해할 수 있는가

펭귄의 날개를 흉내내며 그녀는
질주하고 싶지만 추운 남극의 얼음 위에서
페달은 헛돌고 바퀴는 미끄러진다
거대한 외로움의 빙산에서 벗어나려고
몸부림치는 그녀를 곁눈질하며

나는 조심조심 남은 김밥을 먹는다

차가운 형광등 아래
먼 러시아의 천재학자가
우리 사이를 살푼 떠돌다
긴 외투자락을 끌며 문을 나간다

쓸쓸한 날들의 기록 22
— 4월의 강가

해는 자신의 빛을 균등하게 나누지 못한다
한낮에 몰린 햇빛은 내 몸에 빨판을 대고
수분을 쪽쪽 빨아댄다 한나절
강가에 서 있으면 광합성작용으로
짙푸르게 물이 들 것 같다
그래도 좋겠지
뒤늦게 말을 배운 아이처럼 나이 들어
말이 무성해졌다 입 쪽에서
새 잎이 나려는지 입이 근질근질하다
그 잎들은 둥글둥글한 활엽수의 이파리
상대방을 자극하거나 공격하는 일은 절대 없다
불화의 상태를 견디지 못하는
편벽한 나무

4월의 강에서
바람이 불어온다
푸르른 산빛과 내 몸의 궁색한 빛이 뒤섞인다
그 일이 꿈속까지 따라와
산고도 없이 푸른 침엽수 같은 아이를 낳는다
그 아이를 배 위에 올리고 어르다
잠이 깼다 흡족했지만 쓸쓸한 꿈이었다

어촌 까페
— 기장에서

자바라 창을 지그재그로 접으면 마침내 가슴을 옥죄던 와이어브라 벗어던진 푸르른 바다가 출러덩,

창 아래까지 흘러넘친다

울산횟집

울산횟집 허름한 화장실을 다녀오다
발길을 멈춘다
수족관 가득 모종삽처럼 번득이는 전어들
바닥으로 가라앉는 것들이 있어 유심히 본다
동료들 발길에 아니, 입길에 채이며
이리저리 바닥에 쓸리는 전어 몇 마리
이거 죽은 거 아닌가?
아닙니다, 바닥에 먹이가 있네
담배 피우러 나온 후배가 옆에서 말한다
바닥에 흩어진 희끄무레한 티끌을 그제야 본다
전어들은 욜랑욜랑 잘도 헤엄쳐 다닌다
손바닥만한 모종삽으로 물길을 열심히 삽질한다
온몸으로 파고 판다
아무리 파고 퍼내도 출구는 나오지 않고
흔적도 없이 입을 다무는 사각의 물
보세요, 다 밑으로 내려오잖아요
전어들이 삽질을 멈추고 바닥으로 내려온다
가을전어입하
먼지 낀 펼침막 아래
죽은 듯 바닥으로 가라앉는 그들

교육설명회

그럴 나이가 아닌 것 같은데 아이는
작고 연약한 엄마 등에 업혀 있다
가당치 않은 무거운 배낭을 짊어진 모습이다
차마 귀엽다는 말이 안 나온다
아이가 칭얼대자 엄마는 탁자 쪽으로 가
종이컵과 믹스커피 하나를 쥐어준다
기다란 커피 봉지가 꺾이며 아이 입 속으로 들어간다
아이의 웃음이 아무래도 아이답지 않아 차마
어르는 손짓을 하지 못한다
아이는 노란 봉지를 씹고 빠는 데 몰두한다
젊은 엄마는 한시름 놓는다
그러던 차, 아이 얼굴에 은근한 웃음이
좀 더 진하게 번지고 아차,
잘근잘근 이빨자국으로 너덜너덜해진 비닐봉지
그 틈으로 찔끔찔끔 커피가루를 맛보았구나
죄송해요, 아이 엄마는 얼굴이 붉어진다
선생에 대한 주눅인가
쾌감 주던 물건이 없어지자
아이는 큰소리로 보채고
엄마는 급기야 급식소 밖으로 나가버린다

문 밖으로 나간 아이는 등에서 내려 멀쩡하게 걷는다
인생의 단맛과 쓴맛을 다 맛본 얼굴이 되어
아장아장 팽나무 쪽으로 걸어간다

주말

앞뒤 베란다 문 열어 한낮의 햇볕과 바람을 들인다 으아아아- 거실은 아가리를 크게 벌리고 기다란 진찰의자에 눕는다 어둔 아가리에 노오란 전등빛이 다가온다 거실이 화안하다 모과빛이다 동그란 반사경이 여기저기 골고루 비춘다 거실은 있는 힘껏 가을볕을 빨아들인다 게으른 혀처럼 나는 빈둥댄다 뒷베란다 상자 속 사과 세 개, 검게 곪아서 물컹하다 플라스틱 딸기다라이에 담겨 집 떠나는 썩은 사과, 고개 돌려 거실의 따스한 햇볕을 아쉬운 듯 바라본다 썩은 어금니 세 개 뽑아내고 거실은 오로로로 입을 헹군다 다시 말간 햇빛이 차오른다

3부

정희네 집

화제 이야기

흐린 봄하늘
물기 머금은 벚나무 둥치는 검게 빛나고
치약 거품 같은 꽃들을 피워 올린다

숙직어르신이 탈이 나셨다
며칠 동안 물만 드신 어르신은
기운이 다 빠져
숙직실 티비 앞에서 양치질하다
밖에서 부르는 소리에 휘청,
위태롭게 일어나시고
그것이 염려스러워
우리는 불안한 눈빛을 주고받지만
'뿌리'라는 이름을 가진 젊은 남교사가
처음 세상에 뿌리를 내리러 오는 날은
괜스레 학교가 봄흙처럼 들뜨기도 하는 것이다

꽃들이 저물고

꽃들이 저물고
삐죽삐죽 연둣빛 번지는 산
오래된 주점에 앉아
막걸리에 홍어, 파전을 주문한다
흐린 하늘, 가늠할 수 없는 빗방울
댓돌에 벗어놓은 신발이 젖을까
주인장은 신문지를 내밀지만
우리는 빈속에 콩나물을 집어넣기 바쁘다
달큰한 어둠이 내려앉는다
산 아래 신도시 한 점 두 점 켜지는
노오란 콩나물대가리들
우리들 가슴에는 영원히 소화되지 않는
노란 슬픔이 도사리고 있다
무슨 이야기들을 했던가
학교 이야기, 선거 이야기, 떠도는 소문들
아주 오래되고 낡은, 새롭고 혁신적인, 이것도 저것도 아닌.
꽃이 꽃을 부정하여 잎을 틔우고 겨울이
겨울을 부정하여 봄을 부르고
우리가 우리를 부정하여 더 큰

우리를 잉태하는 봄밤
가게 불이 꺼지고도 우리는 우리 속에서
꺼지지 않는 불을 보듬고
한참을 뭉그적댄다
신발은 멀쩡하다
조금 젖어도 좋으련만
젖은 신발로 젖은 세상을 흔들흔들 걸어가도 좋으련만

지원에게

너의 어린 후배들은 화단에서 식물의 줄기를 꺾어
둥근 전구꽃병에 꽂는다
꺾인 곳에서 다시 뿌리가 나올 거라고 재잘대며
필라멘트처럼 눈을 반짝인다
꽃 한 송이 꺾는데 한참을 고민하며 머뭇대는 순한 아이들이 사는 이곳,
을 떠나 너는 안녕하지 못하구나
날개 힘을 키워 둥지를 떠났지만
아직은 날 수 없다는 좌절감만 안고 돌아온 너
아직은 날고 싶지 않을 뿐이라고 처진 날개로 돌아온 너

이곳에서 배운 대로 살고 싶어요
너는 이곳에서 무엇을 배웠니?
공감하는 가슴을, 진실어린 눈을, 나누는 마음을, 정의로운 입을
배웠다고 제발 말하지 말아다오
불행한 현실을 자각하는 능력을 키웠다고 말하지 말아다오
그건 너무 가슴 아픈 말

그래 그건 너무나 당연해서, 당연한데 거부당해서 슬픈 말
차라리 세상과 타협하는 법을,
진실에 눈 감는 법을,
자기 것을 먼저 챙기는 이기심을,
정의로움 같은 건 대충 얼버무리는 법을 가르쳤어야 했나
그래야만 했나

너의 팔뚝, 어지러운 붉은 빗금들
그건 네가 그은 게 아니야
너의 오른손을 빌린 세상이 그은 거야
더 많이 사랑하는 이가 더 많이 상처받는다는 증거
세상을 뜨겁게 사랑하는 능력이 탁월한 이의 징표
그러니
더 이상 아프지 마라
아프게 잘린 상처에서 뿌리가 나오고
곧 새 잎이 돋고, 새 생명을 얻을 테지만
더 이상 병들지 마라
심하게 앓고 난 뒤 진정한 몸의 주체가 되듯

치열하게 아프고 난 뒤 너는 세상의 주인이 될 것이니
너의 정원은 눈부시게 아름다울 것이고
- 그마저도 버리고 너는 숲으로 나아갈 테지만
너는 한 알의 맑은 전구가 되어 별보다 빛날 것이니
너의 필라멘트는 슬픔에 깊이 공명하며 파르르 떨릴 것이니
너의 날개는 바람을 조종하며 자유롭게 푸른 하늘을 날아다닐 것이니
더 이상 그리움으로
아,
프,
지,
마

사랑이 넘치는 유안이

유안이는 자유롭다
봄나비처럼 어디든지 날아간다
도서실 의자 밑에 숨어 있기도 하고
다른 학년 교실도 마음대로 드나든다

몸만 그런 게 아니라 마음도 자유롭다

5학년 선생님이 좋았다가
1학년 동생이 좋았다가
오늘은 민건이 손에 몇 번이나
입을 맞추었는지 모른다

겨드랑이 쪽을 가리키며
조금 있으면 날개가 나올 거라고 한다
이런 낭만적인 아이는 처음 본다

유안이 겨드랑이에서 날개가 나오면
그때는 정말 멀리 멀리
날아가버릴지도 모른다

마을길
—굿

보릿대 꺾어
보리피리 부우부우-
붉은 접시꽃 지나
키 작은 송엽국 무리 지나
차 온다-
보도블록 사이
삐죽삐죽
놀란 어린 풀들
보건소 앞 팽나무
가파른 쇠가락
쟁강쟁강 접시꽃이 예까지 따라와
온몸으로 울고
아이들 오디 먹은 검은 손
살구빛 살구 두 알
다시,
은행나무에 걸려
겨울 지나고 봄 지나고
무성한 초록 부채손들에 둘러싸여
여름 맞은 빛바랜 빨간 우산
하늘과 접신하는 접시안테나 지나

아직
마늘 찧는 칼자루처럼 콩콩 뛰고 있을 처녀 무당
생각하다보면
아이들은 벌써 운동장으로 달려가
술래잡기를 하고
죽은 개구리를 만지고
급식소 뒤편 옥수수수염은 길-어지고

봄

— 일학년 다경이

다경이가 운다
아이들은 도화지에 매화나무를 심고
예쁜 꽃을 피우고 있는데
다경이는 안경 사이로 두 손 넣어
눈 비비며 서럽게 운다
6학년 오빠야가 피하기만 한다고 운다
나비가 날고
후드득, 매화 꽃잎 떨어지는데
봄이 다 무슨 소용이냐고
꽃 피는 게 무슨 대수냐고
하염없이 눈물만 흘린다
성규가 불려왔다
소영이도 왔다
자, 봐라 이 오빠는 이렇게 이쁜 여자친구가 있다
흐린 눈으로 올려다본 언니는
닿을 수 없는 가지에 맺힌 꽃봉오리처럼
아득하기만 하다
니가 포기해라
시든 선생 품에 안겨 다시
꽃잎보다 진한 눈물 흘리는

다경이
아득한 봄이다

소희 일기

소희 일기는 달고 시고 엉뚱한 맛이 나
피자두로 한 바닥을 가득 채웠거든

마당에 열린 피자두를 따서
밤까지 먹다 쉬다 반복했다잖아
꺼질까지 머었다, 잖아
피자두 따다 모기에 뜩긴 아빠에게
엄마가 다정스레 약도 발라주셨다잖아

읽다보면 입 안에 침이 고여

받침은 적당히 솎아내고 대신
한 알
한 알
피자두 씨앗을 심어놓은
넉넉한 소희의 맞춤법

이사 갈 땐 피자두나무를 어떡하지?
엄마, 내일 학교에 가조가도 대?
가족들 고민부터 친구들 챙기는 살뜰함까지

소희 일기에 다 들어 있어
붉게 영글어 터질 것 같은 일기장에 말이야

범진이

누가 내 닮았다고 하면

.

.

.

.

.

왠지

.

.

.

.

.

.

.

.

.

그 사람한테 미안해져요

준영이 화분

준영이 화분
봉숭아가 피었다
다른 화분들은
싹도 틔우지 못한 채
황량한 겨울인데
준영이 고 작은 요플레 통은
손톱만한 붉은 봉숭아를 피워냈다
팻말에는 '분꽃'이라고 쓰여 있다
처음에 분꽃 씨앗을 심었으나
싹이 나지 않아
다시 봉숭아를 심은 것이다
봉숭아 줄기는
제 문패가 어색한지
팻말과 멀찍이 떨어져
허리를 잔뜩 뒤로 젖히고 있다
그러면서도
아련한 꽃가루 분분히 흩날릴 것 같은
낯선 이름 곁을
쉬 떠나지 못한다
수줍음 많은 준영이를 닮았다

강낭콩

파르라니 목덜미부터
올라온다
흙 속에서 흙 밖으로 강낭콩은
응애, 소리도 없이
태어난다

두 쪽으로 갈라진
캐스터네츠 사이에서
홍얼홍얼
떡잎이 나온다

백일떡 앞에서 짝짜꿍하는 여리고 순한 두 손바닥

생명은 이처럼 홍겹고 즐거운 일

아침마다 아이들은
창가에 몰려들어
오로록 까꿍~
어르면서 젖 물리듯 물을 준다

어린 스승

나에 예기
오늘은 햇살이 말고 바람는 불고
꽃 흔들린다 난 이러케 행복한 건 처운이다
이러케 느꼐다
그건 행복, 행복이란 건 보면서
친구를가 예기하고 그런 게
행복이다
<일학년 김한나>

— 이렇게 간절한 시를 본 적이 있는가
이렇게 따뜻하고
이렇게 눈물겹도록 행복한 시를
써본 적이,
있는가!

종이로 만든 나라

나라를 만든다
아이들이
종이죽으로
동쪽은 높게 서쪽은 낮게
복잡한 서해안은 이쑤시개로 섬세하게
A4 코팅지 지도 그림을 따라
북위 33도에서 43도,
동경 124도에서 132도
딱 손바닥만한 나라
나라 하나 만드는 데 한 시간도 안 걸린다
그 나라에서
아이들은 자두, 딸기, 돼지의 태몽으로 태어나
다시 용이 되고 호랑이가 되고
어쩌면 대통령이 되는 꿈을 꾼다

아이들이 만든 한반도가
창가 햇살에 하얗게 말라 누룽지처럼 일어난다
제주도, 울릉도, 독도 이런 섬들은
티끌처럼 떨어져나가기도 한다
그 티끌 같은 섬에서

오래 전 죄 없는 많은 사람들이 피 흘리며 죽었고
얼마 전에는
그 섬으로 가던
어린 꽃들이 물에 빠져 죽어갔다
그리고 그 슬픔은 마르지 않는 종이죽처럼
봄햇살에 다시
끈적하고 질척하게 살아난다

유치원에서 생긴 일

갈색 클레이를 열심히 조몰락거린 아이가 있었다
동글동글 눈사람도 만들었다가
복슬복슬 강아지도 만들었다가

- 선생님, 근데 클레이에서 냄새가 나요
- 그래?

아이는 시도 때도 없이 화장실을 들락거렸다

- 선생님, 씻어도 냄새가 자꾸 나요
- …………

그건 바로 시후 똥.
팬티 사이로 빠져나온
토끼똥 같은 시후 똥,
유치원선생님은 차마 말하지 못했다

아이는 틈만 나면 씻었다
틈만 나면 코를 킁킁댔다
그럴 때마다

눈사람과 강아지 낯빛은
점점 똥색으로 변해갔다

시를 쓰는 시간

이 년 팔 개월 동안 응급실에 누워 있던 아빠가 어느 날 사라지자 아이는 극심한 불안에 빠졌다 밤이면 모두 잠든 방에서 두 손바닥을 맞비비며 방바닥을 빙빙 돌았다 부드득부드득, 이를 심하게 갈아 앞니가 다 상할 지경이었다

일하고 온 피곤한 아빠의 딱딱한 어깨
책을 사주고 놀아주고 장난치는 아빠
같이 자기 싫다는 투정에 시무룩해진 아빠
아이는 친구들의 시를 가만히 듣고 있다
짝의 것을 보고 비슷하게 썼을 뿐이다
아빠를 베껴 써야 하다니

아이는 홀로 깊은 동굴에 들어가
스스로를 마모시키고 그 마찰력으로
둥근 불씨를 만들었다 그리고
오래 따뜻한 촛불 같은 추억을 지키고 싶었다

도대체 아픔은 어떻게 말해지는 건지,
슬픔은 어떻게 문장이 되는 건지

친구들은 시를 읽으며 눈시울을 붉히기도 하건만
아이는 덤덤하다

눈물도 살아 있을 때의 일인가
가능성의 액즙이 눈물인가

절망은 시가 되지 못하고
젖은 부싯돌 같은 말들만 힘없이
부딪쳤다 사라지는 교실,
시를 쓰는 시간

장마

잔뜩 물 먹은 하늘
운동장 그네
이른 아침 규은이
오늘밤은 삐딱하게,
물 말은 밥 같은 노래

하늘에 발린 회색 구름벽지가 물기에 미끌려 모서리가 삐딱하게 틀어진다

노래를 멈추고
그네만 앞뒤로 흔드는 규은이
메트로놈에 맞추어
삐꾹 삐꾹, 챙챙챙챙, 찌르르르
새들의 노래

이번엔 다시 규은이 차례
사탕 발린 위로 따윈 집어쳐
오늘밤은 삐딱하게-

구름벽지는 불룩해져 오봉산 봉우리까지 닿았다

곧 후두둑, 젖은 벽지가 떨어져내릴 것이다
떨어지며 흘러내릴 것이다
물이 되어 노래를 부를 것이다

한동안 그 축축한 노래에 젖어 살아야 할 것이다

정희네 집

열네 명이 옹기종기 앉고 서고 감 깎아 작은 손에 건네고 귤 한 조각 떼어 서로 입에 넣어주고 책상 위 마이쮸를 함부로 꺼내먹어도 웃음으로 너그럽게 넘어가는 정희의 방, 사진 속 정희는 드레스 차림에 새침한 얼굴, 낯설어라 몇 시간 전 정희가 엄마와 함께 단잠 잤던 헝클어진 이불 위 아무렇게나 앉아 웃고 떠들고 천장은 낮아, 정희 키만큼이나 낮아 피곤한 엄마가 정희를 나무라는 소리가 옆방까지 건너가 엄마가 오히려 엄마의 엄마한테 더 혼나는 얄궂은 방, 정희는 친구들이 놀러와서 신이 나고 선생님 커피 타 드릴까요? 싹싹하게 묻고 수업시간 꼼지락거리는 손, 산만하던 모습 온데간데없고 정희가 정희다워지는 고마운 방, 매일 줄넘기 백 번 하기 약속은 지키지 못해도 정희할머니에게, 마당에 우두커니 앉은 옆집 할머니에게, 몇 걸음 떨어진 명언회관에서도 더할 나위 없이 소중하고 귀여운 정희,

꽁꽁 싸매진 검정 비닐봉지 속 단감은 어둠 속에서 저 혼자 익어 말캉말캉해지고 네 조각으로 잘라 과도로 깎으면 미끌미끌 담요 위로 툭! 그래도 단맛은 지

극하고, 단감처럼 딱딱하던 정희도 한없이 부드러워지고, 마당 한 쪽 창고에선 새끼강아지가 낑낑대는,

정희네 집

구언이

야영 때
무서워서 학교에서 못 자는 게
아니다

내가 없으면
아빠가 잠을 못 잔다

2학년이나 됐는데
혼자 못 자냐고
선생님이 뭐라 한다

우리 아빠는 마흔 살 넘어도 혼자 못 자요

4부

하늘을 붕붕 날다

관광버스

서울 결혼식 갔다 돌아오는 버스 안
노래방 기계에 '휘파람'을 신청하니
'국방부의 요청으로 삭제된 곡입니다.'
모두 실소를 한다
초등학교 5학년 수빈이는 마이크를 들고
무반주로 노래를 한다
넉살이 좋다
스스럼없이 개다리춤도 춘다
"어젯밤에도 부울어었네 휘파람 휘파람~"
노래가 끝나고
"우리의 소원은 통일입네다."
마무리 멘트까지 시원시원하다

우리의 소원은 통일인데
국방부의 소원은 삭제인가

좁은 관광버스 통로에서 할머니 손을 잡고
수빈이가 음악에 맞추어 어깨춤 춘다
어쨌든 오늘은 사랑하는 두 남녀의 통일이
이루어진 기쁜 날이기에.

태종대

조개구이 먹으러 태종대 간다 KBS 1박2일에 나왔던 집은 유명세를 치르느라 바쁘고 그 옆 포장마차로 간다 비닐천막 구멍으로 바닷바람이 술술 들어와 서늘하다 목소리 걸걸한 아주머니는 옆자리 갓난아기에 붙어앉아 일손을 놓고 까꿍까꿍, 연탄불에선 조개가 자글자글 밖에선 하늘 한 쪽이 불그스름하게 익고 바다 위 배들은 전기회로도 스위치를 닫는다 기쁘고도 서러운 것이 노을 때문인가 약해진 잇몸에 낀 질긴 조갯살이 근심이구나 포장마차 밖 바다를 나는 자꾸 기웃거린다 어두운 바다 여기저기 배들이 꼬마전구를 밝혀 내 몸도 환하게 출렁인다 별들도 저희들끼리 손잡고 출렁인다 망개장수를 불러 망개떡을 사먹고 은박지 조개양념에 밥 볶아 숟가락으로 박박 긁어 먹는다 바닥이 드러난 어둔 하늘에 은빛으로 구겨지는 별, 별들…… 영도구청을 지나 영도를 한 바퀴 빙 돈다 바다를 잇몸처럼 끼고 사는 이곳은 기쁨과 서러움이 방향을 바꿔가며 전류처럼 흐른다 김진숙 씨가 크레인에 300일 넘게 올라가 있었던 한진중공업이 어디냐 묻는데 바로 차창 밖이다 크레인도 보인다 김진숙 씨의 외로움에 바다가 한 몫 했을 거라 생각한다 또 위

로와 힘이 되어준 것 역시 바다일 거라 잠깐 생각하며
돌연 나는 숙연해져 조개처럼 입을 다문다

말복

오른쪽 어깨가 이상하다
오른손 집게손가락이 지 마음대로 움직인다
펌프를 누르면 풀쩍풀쩍 뛰는 플라스틱 장난감 말 같다
누군가 내 어깨를 누르고 있다 장난삼아 낄낄대며
집게손가락은 경련을 일으킨다
고무관에 연결된 장난감 말은 멀리 가지 못하고
손바닥 위에서 헛발질이다
자판 위 검지는 나의 팔에 연결되고 팔은 또 몸뚱이에 연결되어 멀리 가지 못하고
일신상 자잘한 근황-이를테면 폭염에 옥수수 푸대처럼 무거워지는 몸, 자동차 안에서 친구 둘이 이야기할 때 창밖 구름만 빤히 올려다보는 나의 소심함-에 대해서만 무기력하게 타자한다 아니 타전한다

오늘 신문 헤드라인 -녹색강의 공포-

어머님 전화
말복이라 닭 삶으신단다
'다 끓이간다.'

오늘 아침엔 어쩌자고 바람이 이렇게 부는가
며칠간 세상은 끓는 닭솥이었다
발버둥칠수록 걸쭉하고 뜨거운 죽에 깊숙이 빠져들어갔지
좁고 어두운 부엌에서 끓고 있는 닭솥
녹색강의 공포 - 강은 흐르지 못하고 고여 익어간다
다 끓이간다
끓는 솥단지 안에서 풀쩍풀쩍 제자리 뛰기만 하는,
누군가 우리 어깨 공기주머니를 누르며, 낄낄대며,
어쩌자고, 어쩌자고…… 유리판 위 검지는 이토록 열심히 타전을 하는가

하늘을 붕붕 날다

기상이변으로 꽃들이 뒤죽박죽 피고 지는 봄날,
태어나 처음으로 종기가 나서 그것도 가슴에
깊숙이 나서 나는 겁을 먹었다 겁먹은 나를
더 겁주려는 듯 종기는 단단해지고
몇 날 며칠 벼른 끝에 고약을 붙였다 고약한
종기에서 고름과 진물이 흐르고 그것은
찌릿찌릿한 고통이면서 참을 수 없는 가려움이기도
했지만
이십 년이 지나 다시 만난 옛사랑은 찌릿한
아픔도 견딜 수 없는 가려움도 아니었다 그것은
맞춤법이 틀린 오래된 책을 펼쳐 읽는 것처럼 어색
하고 신뢰가 가지 않는 일
계단을 오를 때 가끔 무릎이 삐끗했고 인간관계도
한번씩 삐끗해 한번 싫은 사람은 다시 보기 싫어졌다
나는 정의롭고 공명한 사람은 아니었으나
부끄럽지 않게는 살고 싶었다
차등지급하는 성과상여금을 똑같이 나누자는 제의
는 할 정도였다
그들에게 의견을 말하는 내 얼굴은 붉어지고
종기에서는 진물이 질질 흘렀다

몇몇의 후배들에게 거절당하고 좌절당한 가슴은
근질근질 고통스러우면서도 찌릿찌릿 가려웠다
우리가 그들에게 해준 게 없었으므로 물려준 게
없었으므로 늦은 밤 나는 얌전히 고약을 갈아 붙였다
그리고 꿈을 꾸었다
밥상 위 찌개는 뚝배기에 말라붙었고
반찬은 김치에 고추장 같은 고약 한 종지.
괜찮아요, 조신한 후배가 말했다
아, 그러고서 나는 밖으로 나와 누군가에게 쫓기고
하늘을 붕붕 날아다녔다 마흔이 넘은 나이에
하늘을 나는 꿈을 꾸다니 하여간 하늘을 날아다니니
기분이 좋긴 좋네

느닷없는, 죽음

겨울이 시작될 무렵,
밤길에 느닷없이 튀어나온 고라니에
가슴 쓸어내린 일이 있다 자동차
범퍼에 부딪치는 둔탁한 느낌에 브레이크도 밟지 못하고
두 발을 벌벌 떨었다 어린 고라니는
다시 일어나 겅중겅중 제 집을 찾아 떠났지만
가끔 고라니의 안부가 궁금했다 그리고

느닷없는 죽음이 이어졌다
80년대 민주화 투쟁으로 심한 고문을 받은 이가
고문후유증으로 느닷없는 죽음을 맞이했다
학교에서 친구들에게 괴롭힘 당하고 두드려 맞았던
중학생이 또 느닷없는 죽음을 맞이했다 학교는
서둘러 방학을 했다 아이는 친구들에게 맞아
멍이 들면서도 엄마, 아빠 앞에서 겅중겅중 걸으며
어리광을 부렸다 백 년이고 천 년이고 하늘나라에서
엄마, 아빠를 기다릴 거라고 유서에 남겼다
어린 몸 받아줄 따뜻한 두 손이 없어서
공중의 몸 땅에 내려줄 부드러운 목이 없어서

계단 난간에 아이를 매달고 겨울바람 속에서 부르르
떠는 아파트, 그 안의 우리

오래 고통받은 영혼은 이 땅에 두 발 붙이는 걸 거부
하고 안식처를 찾아 서둘러 방학식을 하는가

우리는 늘, 뒤늦게, 브레이크 밟을 정신도 없이
멍청하게 경악을 한다 두 발을 벌벌
떨면서도 다시 시동 걸고 가던 길을 간다
비루한 일상을 향해
속도를 올린다

연대連帶

— 11일 밤부터 서울 정부청사 앞에서 한국사 교과서 국정화에 반대하는 1박2일 노숙농성을 했던 청년단체 회원들이 12일 오후 교육부가 국정화 방안을 발표하자 광화문광장 이순신 장군 동상에 올라가 시위를 벌이다 경찰에 연행됐다. 경찰은 여성 시위자를 끌어내리는 과정에서 남성 경찰을 투입해 반발을 샀다. 〈한겨레신문 2015년 10월 13일자 기사〉

다시 결론은, 연대連帶.
중학교 도덕 시험 주관식 문제의 답
우리 반에서 딱 한 명 그 답을 맞혀
담임이 내가 너를 업어주고 싶다,
교탁에 서서 말씀하셨던 연대連帶.
그 애가 우리 반 반장 황서영이다
키 작은 오정숙 선생님이 키 큰 황서영을 업을 수 있을까
괜히 그 모습을 부럽게 상상해보던 도덕시간
안타까움과 기대감이 뒤엉켜 붉게 상기된
얼굴에서 어린 내가 가늠할 수 없는
어떤 신성함까지 엿보였다면 과장일까
그 문제를 출제하며 오정숙 선생님은 얼마나 설레었을지
지금에야 어렴풋이 짐작해보는
그 생소한 낱말

연대連帶
교과서에서 강조되지도 않았던 말
도무지 우리 생활과는 밀접한 관련이 없을 듯한 말
하지만
서로를 업고 기대고 끌어주며 역사의 험한 길 건널 수 있게 하는 말
연대連帶.
그 말을 나는 오늘 다시 불러내 소중히 만지고 다듬고 서러웁게
곱씹는다 그리고 부끄러움에 치를 떤다

이 겨울 최대의 뉴스는 겨울

겨울은
자신의 이름에 두텁게 헤드라인을 그으며
여느 해와 차별되는 폭설을 퍼부었다
누구도 예견하지 못했다
누구도 수돗물이 얼어붙어 한 도시 전체가
혼란 속에 쩔쩔매게 될지 몰랐다
함바집을 시작한 일층 시골밥상 식당은
어린 아들을 옥상에 올려보내 물탱크 옆에
가스버너를 켜두게 했다
아이는 양푼이에 얼음을 깨어넣고
버너 위에서 끓였다 그리고 스텐국자로
바닥을 툭툭 치며 얼음이 녹기를 기다렸다
한창 함바집 비리가 세상을 떠들썩하게 할 무렵이었다
뒷돈을 밀어넣어야 할 곳은 건설회사도 권력자도
아니었다 그건 바로 두 눈 허옇게 뜬 겨울이었다
연일 뉴스에는 한파주의보 소식이 나오고
한창 잘 나가는 인기 배우가 해병대를 자원했다는 소식도
알려주었다 무상급식에 대한 찬반논란도 있었다

아낌없이 펑펑 새하얀 눈을 양푼이째 퍼주는
겨울이 알면
국자로 이마빡 맞을 일이었다 탕탕,

머리 위 옥상에서 아이가 스텐국자로
옥상의 이마빡을 치고
먹물 적신 붓으로
서툰 가지에 매화를 그려넣는 겨울
창밖에서 언 입술로 겨울이 길게 휘파람을 분다
한지처럼 파르르, 떠는 차가운 겨울의 입술

안개책

이 책을 읽는 방법은 이렇다
같은 배경 그림에 나무 또는 전봇대가 그려진
투명 필름을 한 장씩 겹친다
아니, 투명이 아니라 반투명이다
기본적으로 안개를 한번 스친 뿌연 필름이다
필름을 한 장씩 덮을 때마다 배경은
더더욱 짙어져 행간을 구분하기 어렵다
문장이라는 게 있기는 할까
고작 몇 미터 앞 희미한 길이나 더듬어 해독할 뿐.
게다가 투명 필름은 조금씩 어긋나
용화사 절 마당에 십자가가 서 있기도 하고
안방 이불 속으로 자동차가 기어들어가기도 한다
썩은 강물이 마을 쪽으로 침범해 흐르고
보건소 지붕에 이백 살 팽나무가 훌쩍
뛰어올라 목발 짚고 서 있기도 한다
책장을 넘길수록 그림은 헝클어지고 내용은 요령부득이다
나는 이 책을 읽고 싶지 않다
어긋난 길 위 어린 고양이의 처참한 죽음이 총천연색으로 실린 책

슬픔이 고독 쪽에 귀를 맞추지 못하고 엉뚱한 쪽에 겹쳐져
책장을 넘길 때마다 째째째째르~ 단조음의 새소리가 새어나오는 책
편집되지 않은 안개의 신음소리만 두툼하게 실린 책
음울한 부음訃音이 방점처럼 둥둥 떠다니는 책
읽을수록 절망하는 책, 이 책을

나는 읽고 싶지 않다
하지만 좀처럼 손에서 놓을 수가 없다
벗어날 수가 없다

압록강에 배 띄우다

안개가 짙어 유람선을 띄울 수 없다 한다
선착장에서 도시락을 먹으며 기다린다
퍼석퍼석한 밥알은 젓가락을 피해 달아나
안개 속에 허옇게 섞인다
유람선 대신 쾌속정을 띄운다
바람을 가르며 안개를 가르며
우리가 닿은 곳은,
어디인가

뿌연 안개 속에서 튀어나온 모국어
담배 줘, 담배 줘!
누군가 담배를 던져준다
아이는 윗도리 속에 담배 한 보루를 넣고 달린다
열여덟 살 수빈이는 이것도 던져줄까요?
손에 쥐고 있는 자유시간을 펴보인다
그건 너무 작아서 던져도 못 받을 거야
쾌속정은 그 아이들 곁에 멈추고 흔들린다
'자유시간'
너무 작아서 그들에게 닿지 않는'자유시간'
또한 너무 작아 우리들 배도 온전히 채워주지 못할

'자유시간'

압록강가
안개를 끌어다 그릇을 씻는 아낙네
그 뒤 낮은 지붕, 가지런한 옥수수, 멀끔한 염소 그리고 멀뚱한 황소
안개에 섞였던 밥알들이 덩이째 목구멍에 막힌다

나는
좀
울었다

거대한 섬 앞에서 출렁출렁, 출렁이다가
발 한번 내딛지 못하고 다시
안개를 가르며 돌아온다

다시 돌아온 낯선 이곳은 또 아흐,
어디인가?

박춘근 씨

대련에서 우리를 맞이한 여행가이드 박춘근 씨, 밀양 박 씨에 봄 춘, 뿌리 근 자를 쓴다는 박춘근 씨, 203고지에 올라 나무그늘에서 땀 식힐 때 조선족이라는 말을 쓰면 안 된다고 열변을 토하던 박춘근 씨, 재미동포, 재일동포라는 말은 쓰면서 왜 우리는 재중동포라고 해주지 않느냐고 손에 든 아이스크림이 녹는 줄도 모르고 침 튀기던 박춘근 씨, 안경 쓴 동글동글한 얼굴에 반듯한 가르마, 성실한 가장의 모습을 한 박춘근 씨, 압록강에서 쾌속정 탔을 때 덩치에 어울리지 않는 배멀미로 놀림을 받은 박춘근 씨, 그기 그러키 재미씀미까? 이러키 비가 와서 천지(연)를 못 보는 나르는 이 가이드 이빨에서 땀이 납니다, 아이 어찌 웃소?

야간열차

— 블라디보스토크를 출발, 하얼빈까지 대륙 횡단 열차를 탔던 안중근 의사와 그 외 이름 없는 독립투사들의 삶을 떠올려볼 야간기차 여행 단동역-연길역 16시간 이동

단동역에서 사람들은 기차에서 마실 술, 과일, 안주를 산다 기차를 기다리는 중국 사람들은 바닥에 자리 잡고 아무렇게 앉거나 누워 있다 화장실에는 사람들이 붐비고 할머니 한 분이 똥 싼 바지를 갈아입고 있다 기차 안에서 사람들은 마주 앉아 이야기를 하고 한쪽에선 노래를 부른다 백두산으로 찾-아 가 자, 우리들의 백두산으로~ , 조선은 하나다, 밤 10시가 되자 소등을 한다 나는 3층 침대에 누워 꼼짝없이 잠을 잔다 앉아서 머리를 들기도 힘든 공간이다 우리가 자는 동안에도 기차는 달려 그 노력으로 새 아침이 밝아오고 차창 밖으로 푸른 옥수수밭이 펼쳐진다 누군가 우리나라에도 이런 기차가 있으면 좋겠다고 하자 또 누군가가 우리나라는 그럴 만한 땅이 없네요, 한다 그럴 만한 땅이 없어도 그 작은 땅 하나 오롯이 되찾고 싶어 대륙의 밤을 달린 이들이 있었음을. 손톱 밑에 가시가 박히고 콧구멍, 입, 귓구멍으로 핏물을 쏟으면서도 포기할 수 없었던 그리운 땅이 있었음을. 수북하게 비질에 쓸려나오는 해바라기씨 껍질들처럼 이름 없이 쓸려간 이들이 있었음을……

이도백하

백두산 아래 마을 이도백하에 오니 바람이 서늘하다 백두산을 거쳐온 바람이다 사람들이 도로에까지 나와 춤을 추고 어둠과 적절히 섞인 불빛 아래 런닝바람으로 삼삼오오 술을 마신다 오래 전 내가 살았던 곳 같은 기시감이 든다 고기 구워 저녁 먹고 나오니 화로 놓고 옥수수를 구워 파는 아주머니가 눈에 띈다 거뭇거뭇 석쇠에서 익은 옥수수를 들고 얼마냐 물으니 한 개 5위안. 신 선생님과 나눠 먹으려고 두 개 잡고 10위안을 내미는데 한 개만 해도 된다고 만류해서 다시 한 개를 내려놓는다 그리고 아주머니 손에 들려 있던 5위안짜리 하나를 다시 빼앗듯 가져간다 옆에서 신 선생님이 웃으며 말한다 줬다 뺐는 게 어딨노! 백두산 서늘한 품에 안겨 그날 밤 옥수수처럼 노릿노릿한 단잠을 잤다

부족하면 죄책감이, 넘치면 주체할 수 없이 고통스러운 바로 그것

아침마다 딸아이의 벗은 몸을 보는 것

그 몸이 움직거리며 화장실로 들어가 요란한 음악을 틀고 - 그 음악이 내 오래된 노래를 삼키고 - 꼬물거리며 샤워를 하고 머리를 말리고 딸깍, 안방 문을 잠그고 팬티에 스타킹에 브라, 교복 셔츠, 치마를 차례차례 입고 엄마, 용돈 좀…… 말끝을 흐리고 밭은기침 콜록콜록 늦었다! 짜증어린 얼굴로 운동화를 구겨 신고 아슬아슬 엘리베이터에 올라타는 걸 날마다 아무렇지도 않게 보는 것

어떤 이에게는 존재의 모든 것, 꺽꺽 목이 메이는

뜨겁게 엉겨붙던 노래가 사라진 자리

멈춰버린 샤워기, 조용한 드라이기, 단정히 개켜진 셔츠, 치마, 젖은 운동화, 혼자 열렸다 닫히는 엘리베이터 문……

다시, 아침마다 딸아이의 살아 있는 벗은 몸을 보는 것

부족하면 죄책감이, 넘치면 주체할 수 없이 고통스러운!

심폐소생술

바다에 무릎 꿇고 몇 번 가슴을 꾹꾹 누르다
나는 그만둔다 옆에 서 있는 젊은 소방관은
환자가 죽는다며 재촉한다
나는 얼굴이 붉어지며 다시
두 손 겹쳐 깍지 끼고 힘을 준다
그러다 또 슬그머니 손을 푼다
상체만 덩그러니 놓인 마네킹을 대하니 아무래도
싱거운 생각이 드는 것이다
이건 사람이 아니다, 라고 내 머리가 자꾸 말한다
죽어가는 이는 이렇게 조용하지 않다, 라고도 말한다
바다에 묻힌 수백 어린 목숨들 때문에
우리는 이 교육을 받게 되었지만
죽어가는 아이들을 한 명도 살리지 못했다는
무력감만 학습될 뿐.
이것은 살아 있는 자들의 위선의 제스처
마네킹은 말이 없다
꼬집어도 꿈쩍 않는다
그 무덤덤한 마네킹이 나인 듯도 하고
우리인 듯도 하고 우리가 미워하는 권력자인 듯도
하다

도무지 그 여린 목숨들로는 보이지 않는다
그 아이들은 마지막까지 조잘대고 깔깔대고 사랑의 문자를 타전했으니
그 누구보다 생생하게 반짝반짝 살아 있었으니

그리하여
나는 이 실감나지 않는 응급상황을 받아들일 수가 없다
정작 죽은 것들은, 죽어가는 것들은 따로 있으니.

머리카락 꼬실리는,

둥근 제기 위 찰떡이 흘러내린다 용암처럼 흘러내린다 비닐랩 씌운 제기는 속수무책이다 어, 어 - 아버지 낡은 영정 앞에 떡허니 놓인 찰떡이 흘러내린다 제길 치우고 양푼이로 바꾼다 하늘엔 슈퍼문 제사상엔 찰떡. 희고 둥글고 둥글고 흰 것 희고 둥근 그 무엇 희고 둥근 그 무엇이 좋아라, 희고 둥글고 말랑말랑한 것 이런 평화 이런 온유함 이런 분노 이런 함성! 올해 아버지가 내놓은 해답은 이것. 희고 둥글게 살아라 수조 속에서 방방 뛰던 햄스터는 주말 지나 발랑 뒤집어져 죽어 있고 트럼프가 대통령 되던 날 음유시인 레너드 코헨이 세상을 떠나고 우리도 떠나고 싶어라, 떠나지 못하면 찰떡처럼 끈적하게 흘러내리자 우리의 좁디좁은 그릇 밖으로 찰떡도 촛농처럼 흘러내린다 머리카락 꼬실리는 꼬신내 옅게 번지는 우리의 광장, 살아 있는 영혼의 냄새를 맡기 위해 나는 코를 킁킁거린다 길 밖으로 흘러넘치는 사람, 사람들 저기, 조금만 옆으로 당겨주시면 안 될까요? 죄송해요…… 한 뼘 자리도 미안한 사람, 한 뼘만 빼고 다 차지하려는 자 독선과 간교함과 거짓의 곰팡이로 뒤덮인 굳은 찰떡덩어리 같은 나라, 제길! 촛농처럼 밀리고 밀리는 사람들 찰떡처럼 말랑하게 길을 덮는 사람들, 둥둥 떠올라 보름달 되어 어둠을 비추니 세상이 촛불 앞 흔들리는 제사상이라

새롭고 따뜻한 날

중앙 현관 앞
어슬렁거리는 고양이 한 마리
나를 피하지도 않고
몸을 외로 꼬고 앉아
한 곳을 본다

그 옆 화단가
날개 접은
까치 두 마리

새 날을 맞이하는 자세

숙직 어르신은
티비를 크게 틀어놓고
안녕하세요?
인사하는 소리도 못 들으신다
그러면 어떠랴

새 날이다

하늘로만 날던 까치가
안심하며 땅에 내려앉고
눈치보며 먹이 찾던 고양이가
여유롭게 앉아
먼 하늘을 쳐다보는

새롭고 따뜻한 날이 시작되었다

화단에서

붉은 튤립은 시들어 떨어지고
대궁들만 덩그러니 서 있다
멀리서 들려오는 어린 죽음들 소식이
빈 대궁에 앉아 바람에 흔들리고
살아남은 자들은
꽃을 떨어뜨린 꽃처럼 어리둥절하고 망연하다
그래도
울타리 안 화단에 굳건히 뿌리를 박고
나란히맥 이파리를 활짝 벌리고 섰는 모습을 보라
간결하게 정돈된
순종적 잎맥
줄기 속 물관은 쉼 없이 눈물을 퍼나르고
이상하게도 그것은
우리를 더욱더 짙푸르고
잔인한 생기로 넘치게도 하지만
또한 그것이 어쩔 수 없는 슬픔이기도 하다

■ 해설

시의 '가치' 혹은 '같이'의 시

김남호 / 시인, 문학평론가

1

솔직히 고백하자면, 2011년에 나온 김진희 시인의 첫 시집 『굿바이, 겨울』을 읽고 적이 실망했었다. 우리가 일반적으로 좋은 시라고 여기는 가치들이 눈에 띄지 않았거나 기대했던 것보다 미미하다고 생각했기 때문이다. 그 가치란 좋은 시라면 어떤 방식으로든 존재하게 마련인 인식적 가치, 정서적 가치, 미적 가치이다. 그런데 그의 첫 시집에서는 인식적 가치라고 할 만한 서늘한 깨달음이나 날카로운 통찰을 찾아보기가 어려웠고, 정서적 가치에 해당할 공감과 위로는 유행이 지난 옷처럼 후줄근했으며, 미적 가치를 불러올 언어나 형식에 대한 고민은 생략되었다고 지레 판단하고 시집을 덮었던 것 같다.

두 번째 시집 『거미에 기대어』의 해설을 부탁받고 원고를 읽어보니 겉보기에는 첫 시집과 크게 달라진 게 없었다. 그런데 두어 번 정독하자 처음 읽을 때는 보이지 않던 것들이 눈에 띄기 시작했다. 그래서 선입견을 버리고 첫 시집을 다시 읽기 시작했다. 그리고 비로소 내가 그의 첫 시집을 얼마나 건성건성 읽었는지 깨닫게 되었다. 이 짧은 글은 나의 무성의에 대한 반성이자 그의 시가 지닌 소중한 가치들을 확인하는 데 할애될 것이다. 앞으로 살펴볼 가치는 앞서 언급한 가치들뿐만 아니라 그의 시세계를 관통하는 또 다른 의미 있는 가치가 있다면 더하여질 것이다.

2

먼저 인식적 가치. 김진희의 시는 소박하고 겸손하다. 더 정확하게는 시가 겸손한 게 아니라 그의 시 쓰기에 임하는 태도가 그렇다고 해야 할 것 같다. 그래서 어떤 깨달음을 정제된 관념이나 철학적 사유로 생경하게 드러내는 게 아니라 이미지로 우회해서 드러내는 게 특징이다. 그런 탓에 그의 깨달음은 단순한 묘사인지 깨달음인지조차 구분하기 모호할 정도이다.

> 비둘기 한 마리 보도블록에 서 있다
> 발 아래 새우깡 부스러기 낭자하다
> 새우깡이 아니라 생새우 몇 마리
> 부리로 해체해
> 살점을 뜯어먹은 듯

밥상 물린 자리가 처절하다
땅 쪽으로 불룩하게 하강곡선을 그린 아랫배
감히 날아오를 생각도 못하고 망연히
비둘기는 서 있다
다만 서 있다
사람이 다가가도 옆으로 움직거릴 생각도 않는다
이곳에서 먼, 바다의 물큰한 비린내를 맡아버린 것일까
비둘기는 골똘하다 비둘기는 쓸쓸하고,
바람은 불어
롯데수퍼 가판대 꽁꽁 싸맨 푸른 가빠자락이 풀썩인다

누가 나의 뼈에 나의 살에 나의 눈에 회색 덮개를 씌우는가

이팝나무꽃 허옇게 피어오르고
비둘기는 제 몸을 덮는 가빠가 되어버린 얌전한 두 날개를 내려다본다

—「골똘한 비둘기」 전문

이 시의 어디에 인식적 가치라고 부를 만한 시인만의 깨달음이나 통찰이 있느냐고 의아해 할지도 모른다. 이 시는 김진희 시의 대부분이 그렇듯이 특별한 수사修辭나 비유도, 함축이나 통찰도 없는 것처럼 보이기 때문이다. 마치 무의미시 같다. 그러나 자세히 보면 뭔가가 있다.

이 시는 비둘기 한 마리가 '처절'하게 새우로 식사를 하고

배가 너무 불러서 '감히 날아오를 생각도 못하고 망연히' 보도블록에 서 있는 순간을 포착한 시이다. 여기서 눈여겨볼 것은, 쉽게 유혹을 느낄 만한 '교훈적' 상황인데도 불구하고 '계몽'의 혐의를 둘 만한 어떤 알레고리도 보이지 않는다는 점이다. 배부른 비둘기는 '사람이 다가가도 옆으로 움직거릴 생각도 않'고 '다만 서 있다'. '다만'이라는 부사어는 여기서 매우 많은 의미를 대신한다.

먹어야 생명을 영위할 수 있는 몸뚱이 가진 존재에게 먹는 일보다 더 숭고한 일은 없다. 비둘기는 보도블록에 떨어진 생새우 몇 마리로 '낭자하'고' '처절하'게 포식을 한다. 허기의 힘으로 수없이 날아올랐을 이 비둘기는 포식한 후에는 날 수가 없다. 날 수 없는 비둘기는 쓸쓸하고, 골똘하다. 이때의 '골똘함'은 일차적인 문제를 해결한 자가 취하게 되는 여유이기도 하다. 허기를 면하자 비로소 생각이라는 걸 하게 됐다는 말이다. 먹이를 구하기 위해 허공을 갈랐을 날개는 배가 부르자 무거운 가빠가 되어 비둘기를 구속하고 만다. 그러나 이 시의 어디에도 이런 '교훈'을 말하지 않는다. 어떤 사족도 달지 않고, 잘난 체나 아는 체를 하지 않는다. '다만' 비둘기로 하여금 말하게 할 뿐이다.

김진희 시의 인식적 가치는 이런 방식으로 표현되고 전달된다. 그래서 눈여겨보지 않으면 보이지 않는다. 있느냐 없느냐는 존재의 문제라기보다 인식의 문제일 때가 많다. 특히 문학작품의 해석에서는 더욱 그렇다.

수십 개의 안전망 위 수십 마리 거미가 분주하게 왔다갔다 한다
지금 한창 공사 중인 거미도 있다

출렁이는 구름다리
제가 지어놓고 튼튼한지 보려고
꿀렁꿀렁 발을 굴러보는,
거미

—「꿀렁꿀렁 발을 굴리는,」 부분

'비 온 뒤' 향나무에 군데군데 쳐놓은 거미줄에 대한 이야기다. 그 거미줄에는 '허공을 채우고 허공을 보여주는 거미의 철학'이, '그 사유의 치밀함'이 잘 직조되어 있다. 그런데도 거미는 거미줄 위를 일부러 '꿀렁'대며 테스트하고 있다. '제가 지어놓고 튼튼한지 보려고' '발을 굴러보는,/ 거미'의 태도는 동화적이면서 우화적이다. 동화적이라는 건 상상의 층위를 말함이고 우화적이라는 건 현실의 층위를 말함이다. 즉 트램펄린에서 뛰어노는 아이들 같기도 하고, 안전불감증의 현실을 고발하는 어른 같기도 하다는 말이다. 이러한 태도도 넓은 의미에서 인식적 가치의 구현이라고 볼 수 있지 않을까.

3

다음은 정서적 가치. 일반적으로 시에는 어떤 정서가 있게 마련이다. 그래서 슬플 때는 슬픈 시를, 기쁠 때는 기쁜 시를

찾게 된다. 하지만 좋은 시는 기쁨을 슬프게 하거나 슬픔을 기쁘게 해서 낯선 정서를 제공한다, 이런 시는 중독성이 강하다. 그리고 어떤 시는 속 깊은 애인처럼 기뻐도 슬퍼도 좀체 내색하지 않는다. 이런 시는 왠지 믿음이 간다.

김진희의 시는 후자다. 감상성感傷性을 최대한 억제한 탓에 얼핏 보면 표정 없는 선인장처럼 까칠하다. 그러나 선인장을 잘라보면 그 안에 그렁그렁한 푸른 눈물이 고여 있듯이, 그의 시에는 그만의 정서가 그렁그렁하게 고여 있다.

엄마집 천장을 가득 메운 거미줄
천장과 벽이 만나는 솔기에 실밥처럼 너덜너덜 붙은 거미줄
엄마집은 거미가 부족部族을 이루었다
거미의 엄마, 거미의 아빠, 거미의 할아비의 할아비까지 죄다
엄마집에 모여 엄마 숨결을 나누며 살고 있다
나는 붉은 플라스틱 의자를 딛고
거미줄을 치우다가
살아 있는 거미를 만나기도 하고
죽은 거미를 만나기도 한다
(…)

독거와 거미 사이
뜯어진 외로움의 솔기마다 바늘 같은 다리를 갖다대었을
거미, 거미줄

—「거미에 기대어」 부분

친정집 천장 구석에 사는 거미는 엄마의 식구들이다. '벌레대신 엄마의 손톱이나 머리카락을 먹고' 살았거나 '친정의 낡은 벽지를 갉아먹'은 것처럼 친정집의 일부분이 돼서 눈에 띄지도 않는다. 청소를 하는 나와 눈이 마주쳐도 '도망도 안 간다'. 뿐만 아니라 '가느다란 다리로 빈약한 몸통을 지탱하고/ 허술한 유모차에 기댄 노인처럼 간신히 서 있다/ 제 집을 철거하는데도 가만 보고 있다' 이미 거미는 엄마의 분신이거나 또 다른 모습의 엄마이다. 그래서 '엄마가 성모마리아 앞에 기도할 때/ 같이 고개를 조아리고 여덟 다리로 성호를 그렸을' 것 같은 거미이다.

구석진 곳에서 빛을 등진 채 웅크리고 있는 거미의 모습과 자식들에게 모든 걸 내주고 껍데기만 남은 채 친정집을 지키는 엄마의 모습은 당연히 겹친다. 그 둘 사이의 교집합은 '외로움'이라는 정서다. 그 둘의 관계를 설명하는 구절은 눈부시다. '뜯어진 외로움의 솔기마다 바늘 같은 다리를 갖다대었을/ 거미'. 세상에, 바늘 같은 다리로 외로움을 깁는 거미라니! 일부러 장황한 수다로 가려놓은 듯한 이 숨겨진 아픔은 얼마나 참신한가.

성림위생. 초록 탱크에 주름진 호스를 내장처럼 둘둘 감고 앞서가는 차. 두 대다. 하나는 호스가 좀 짧고 또 하나는 호스가 좀 길어 탱크를 여러 번 둘러 감싼다. 소위 똥차. 똥을 버리러가는 길인지 똥을 치러가는 길인지. 전화번호 뒷자리가 2093이다. 엄마집 전화번호. 오래 전 당감동에서부터 쓰던 전화번호. 그러고 보니 엄마한테 전화한 지도 꽤 오래됐다. 엄마, 미안. 똥차를 보고 엄마를 떠올리게 될 줄이야.

—「비둘기와 쥐와 지네 그리고」 부분

'엄마, 미안. 똥차를 보고 엄마를 떠올리게 될 줄이야.' 우리 시에서 친정엄마에 대한 그리움을 이렇게 표현한 시를 나는 본 적이 없는 것 같다. 어떤 미사여구보다 감동적이다. 인분을 수거하는 소위 '똥차' 옆에 적혀 있는 전화번호 뒷자리가 친정집 전화번호와 일치하는 바람에 우연히 엄마가 생각난 것처럼 말하지만, 엄마에 대한 그리움이 느닷없이 솟구쳤을 리가 있겠는가. 살림살고 아이 키우고 직장생활에 좇기다 보니 그 그리움을 꺼낼 틈이 없다가 똥차의 전화번호가 매개가 되어 그리움을 꺼냈을 뿐이다. 그런데 하필이면 그 계기가 똥차여서 그리움에 구린내가 밸까봐 '미안'한 것이다. 좋은 시는 낯선 정서를 제공하는 법. 웃음이 배어나오다가 울컥하는 아픔 때문에 허둥대게 되는 시야말로 최고의 시가 아닐까.

정서적 가치는 시인의 감성이 풍부하다고 그 가치가 풍성해지는 게 아니다. 대상에 대한 따뜻한 시선이 있을 때 이 가치는 풍요로워지고 강렬해진다. 냉철해야 잘 드러나는 인식적 가치와는 매우 상반되는 가치이기도 하다. 앞의 두 인용 시는 '엄마'라는 절대적 그리움이 그 대상이어서 크게 힘들이지 않고 정서적 가치를 담보할 수 있었다면, 다음 인용 시는 낯선 대상에게서도 거두지 않는 그의 따뜻한 시선에서 비롯된 정서적 가치이다.

한겨레신문 영수증을 찢어주는
남자의 오른손목이 뭉툭하다
잘려나간 손
둥글게 마무리된 손목 위
영수증 다발에서
한 장이 힘겹게 찢기고
2만 원을 내미는 내 손이 무안하다
남자는 또 더딘 손길로 주머니에서
잔돈 이천 원을 꺼내 건넨다
나는 그의 손이 있던 자리를 가늠해본다
자유롭게 젓가락질하던,
새로 이사 간 집 벽에 텅텅
웃으며 망치질하던, 사랑하는 아이의
머리를 쓰다듬고 빗질해주던,
퇴근길 누군가에게 문자를 보내던,
그 손을 빼꼼히 열린 문틈으로 감히 상상한다
남자는 무엇에 대한 증서로 오른손을 통째로 찢어 건네야
했을까
남자의 등 뒤 끈적한 어둠 속
잔인한 또는 난처한 아니, 태연한 얼굴로
손을 내미는 기구한 운명의 실체를
나는 또 아프게 가늠해보는 것이다

빼꼼히 열린 문틈으로
빛을 등지고 서서,

—「무엇에 대한 증서로」 전문

나는 처음 이 시를 읽으면서 의미는 아주 훌륭한데 덧붙인 '사족' 때문에 시가 너무 느슨해진 것 같아서 아쉬웠다. 그래서 '사족'이라고 여겨진 부분을 제거하고 내 나름대로 짧게 고쳐서 읽어봤다.

한겨레신문 영수증을 찢어주는
남자의 오른손목이 뭉툭하다
잘려나간 손

남자는 무엇에 대한 증서로
오른손을 통째로 찢어 건네야 했을까

이렇게 고치자 시의 함축성은 높였지만 정작 '김진희'는 사라지고 없었다. 그의 시는 함축성에서 오는 미적인 긴장보다 느슨함에서 오는 정서적인 편안함 쪽에 가깝기 때문이다. 이 시의 극적 상황은 현관문을 빼꼼히 열고 신문 구독료를 주고 영수증을 받는 장면이다. 그런데 문틈으로 보이는 그 수금원은 오른손이 없었고, 그 없어진 손을 바라보는 안타까움이 이 시의 눈이다. 그래서 시인은 이 장면을 지루할 만큼 길게 묘사하고 있었던 것이다. 내가 '사족'이라고 여겼던 게 실은

'몸통'이었다는 얘기다.

나는 손목이 잘린 그 수금원의 '사연'에 집중했고, 시인은 손목이 없는 그의 '아픔'에 집중했다. 사연은 호기심을 배후로 한 탓에 동정으로 이어지고, 아픔은 안타까움을 껴안은 탓에 연민에서 비롯된다. 독자의 마음을 쓰다듬는 정서적 가치는 동정이 아니라 연민에서 형성되고, 공유되고, 확산되게 마련이다.

4

다음은 미적 가치. 당연한 얘기지만 좋은 시는 아름답다. 시가 '아름답다'는 것은 인식과 정서가 그 고유의 가치를 지녀서 그렇기도 하지만, 언어예술인 만큼 언어의 조탁彫琢과 선용善用이, 내용과 형식이 긴밀한 조화를 이루었다는 뜻이다. 그러나 어떤 언어가 아름다운 언어인가는 한마디로 정의내릴 수 없다. 이를 테면 김영랑 식의 아름다움일 수도 있겠으나 박목월 식의 아름다움일 수도 있다.

시에서의 미적 가치란, 아름다움이란 어떤 것인가를 고민하게 하는 가치이다. '새악시 볼에 떠오는 부끄럼같이/ 시의 가슴을 살포시 젖는 물결같이'(김영랑, 「돌담에 속삭이는 햇발」)처럼 우리말의 아름다움을 한껏 살린 김영랑 시의 미학도 존중받아 마땅하지만, '뭐락카노 뭐락카노 뭐락카노/ 니 흰 옷자라기만 펄럭거리고'(박목월, 「이별가」)처럼 투박한 사투리로 절규하는 박목월 시의 미학 또한 그에 못지않다는 거다. 김진희 시의 아름다움은 박목월에 가깝다.

나에 예기
오늘은 햇살이 말고 바람는 불고
꽃 흔들린다 난 이러케 행복한 건 처운이다
이러케 느꼐다
그건 행복, 행복이란 건 보면서
친구를가 예기하고 그런 게
행복이다
<일학년 김한나>

— 이렇게 간절한 시를 본 적이 있는가
이렇게 따뜻하고
이렇게 눈물겹도록 행복한 시를
써본 적이,
있는가!

—「어린 스승」 전문

아이는 말한다. 오늘은 햇살이 맑고, 바람이 불고, 그 바람결에 꽃이 흔들려서 내가 행복하다고. 맑은 햇살과 산들바람과 흔들리는 꽃을 바라보며 행복을 느끼는 건 자연스럽다. 그러나 이때의 자연스러움은 삶에 쫓겨서 그것들을 느낄 여유가 없는 강퍅한 현대를 살아가는 어른들한테나 해당되는 이야기다. 초등학교 1학년이 햇살과 바람과 꽃을 보며 행복

해한다면, 더욱이 행복이란 친구들과 좋은 장면을 같이 보고 그것을 공감할 때 오는 거라는 걸 발견하고 기꺼워한다면 그게 보편적인 모습일까.

그러나 시인은 어린 제자를 바라보며 감탄을 아끼지 않는다. 심지어 아이를 '스승'이라 여길 만큼 의미심장하게 받아들인다. 그 이유는 아이가 쓴 글의 내용도 내용이지만 맞춤법 벗어난 문장에 있다. 또박또박 맞춤법에 맞게, 적당한 비유와 명쾌한 논리와 흠잡을 데 없는 문장으로 아이답지 않게 '행복'을 표현했다면 필시 아이의 진심을 의심하거나 아이의 태도를 잔망스러워했을 것이다.

맞춤법을 벗어났다는 건, 기성의 질서에 길들여진 어른들의 때 묻은 언어가 아니라 아직 질서를 모르는, 언어 이전의 순수함이라 여긴 것이고, 그 순수함과 해맑음에 시인은 자신을 비쳐보고 '아이는 어른의 아버지'라는 오랜 진리를 확인한 것이리라.

이성복 시인은 그의 시론서 『무한화서』에서 "시의 깊이는 불화不和에서 생기고, 시의 감동은 열정에서 나"온다고 했다. 이 아포리즘을 나는 '시의 깊이는 모순에서 오고, 시의 감동은 눌변에서 온다'고 이해했던 적이 있다. 이 시는 소재도 형식도 특별히 새로울 게 없는데도 독자가 신선한 느낌을 받았다면 그 이유는, 스승을 감동시키는 그 대상이 초등학교 1학년이라는 것과 그 아이의 글이 소위 맞춤법과는 무관한 제도권 바깥의 언어로 꾹꾹 눌러쓴 눌변이라는 점이다.

어머님 전화
말복이라 닭 삶으신단다
'다 끓이간다.'
오늘 아침엔 어쩌자고 바람이 이렇게 부는가
며칠간 세상은 끓는 닭솥이었다
발버둥칠수록 걸쭉하고 뜨거운 죽에 깊숙이 빠져들어갔지
좁고 어두운 부엌에서 끓고 있는 닭솥
녹색강의 공포 - 강은 흐르지 못하고 고여 익어간다
다 끓이간다

―「말복」 부분

이 시 또한 그러하다. 찌는 듯한 말복 더위 속에서 어머니가 가족들의 건강을 위해 복달임으로 닭을 삶는 풍경이 정겹고 훈훈하다. 그리고 그런 풍경의 반대쪽에 4대강사업으로 들끓고 있는 여론이 있다. 시인은 끓고 있는 이 둘을 충돌시켜서 어떤 효과를 노렸을 텐데, 그런 정치적 메시지보다도 더 눈길을 끄는 건 바로 '다 끓이간다'는 어머니의 저 표현이다. '끓이는 것'과는 전혀 다른, '끓이는 것'에서만 획득할 수 있는 모종의 가치가 있다면 그게 바로 '언어의 조탁과 선용'에서 오는 미적 가치가 아닐까.

5

지금까지 우리가 좋은 시라면 공통적으로 발견되게 마련

인 가치들을 중심으로 살펴보았다. 물론 이 가치들은 독자적으로 존재하기도 하지만 대개는 서로 맞물려 같이 존재한다, 하지만 좋은 시에서 발견되는 가치들이 이 세 가지만 있을 리는 만무하다. 김진희의 새 시집『거미에 기대어』에서도 나름의 독특한 가치들이 더 있다. 그 중의 하나가 우리가 잊고 있었던, 연대를 통한 공동체적 가치다. 이 가치를 우리는 추억으로 갖고 있을 뿐이다. 그동안 우리 시는 미학적 아름다움의 추구에 집착한 나머지 정치적 올바름의 추구에는 소홀했다. 그의 시를 읽다보면 세상은 변한 게 없는데 우리 시는 너무 서둘러 변해버린 건 아닌지 반성하게 된다.

지금에야 어렴풋이 짐작해보는
그 생소한 낱말
연대連帶
교과서에서 강조되지도 않았던 말
도무지 우리 생활과는 밀접한 관련이 없을 듯한 말
하지만
서로를 업고 기대고 끌어주며 역사의 험한 길 건널 수 있게 하는 말
연대連帶.
그 말을 나는 오늘 다시 불러내 소중히 만지고 다듬고 서러움게
곱씹는다 그리고 부끄러움에 치를 떤다

—「연대連帶」 부분

우리는 지난 시대에 '교과서에서 강조되지도 않'고 '도무지 우리 생활과는 밀접한 관련이 없'는 이 '연대連帶'를 통해 '서로를 업고 기대고 끌어주며 역사의 험한 길 건널 수 있'었다. 그러나 그 연대를 잊고, 공동체의 가치와 정신마저도 잊은 지금은 어떤 세상을 살고 있는가. '정의롭고 공명한 사람은 아니었으나/ 부끄럽지 않게는 살고 싶었'(「하늘을 붕붕 날다」)던 소시민들은 '바다에 묻힌 수백 어린 목숨들 때문에', '죽어가는 아이들을 한 명도 살리지 못했다는 무력감'(「심폐소생술」) 때문에 '아침마다 딸아이의 살아 있는 벗을 몸을 보는 것'조차도 '죄책감'(「부족하면 죄책감이, 넘치면 주체할 수 없이 고통스러운 바로 그것」)으로 고통스러운데 도대체 국가는 국민을 위해서 무엇을 해주었나, 국민에게 국가란 과연 무엇인가, 이 시는 묻고 또 묻는다.

아이들이 만든 한반도가
창가 햇살에 하얗게 말라 누룽지처럼 일어난다
제주도, 울릉도, 독도 이런 섬들은
티끌처럼 떨어져나가기도 한다
그 티끌 같은 섬에서
오래 전 죄 없는 많은 사람들이 피 흘리며 죽었고
얼마 전에는
그 섬으로 가던
어린 꽃들이 물에 빠져 죽어갔다
그리고 그 슬픔은 마르지 않는 종이죽처럼

봄햇살에 다시
끈적하고 질척하게 살아난다

—「종이로 만든 나라」 부분

아이들이 종이죽으로 나라를 만든다. '동쪽은 높게 서쪽은 낮게/ 복잡한 서해안은 이쑤시개로 섬세하게' 만든다. '나라 하나 만드는 데 한 시간도 안 걸린다'. 한 시간도 안 걸려 만든 나라는 부실하기 그지없다. '그 티끌 같은 섬'에서 '4·3사건'이 벌어지고, 거기로 가던 어린 학생들이 참사를 당한다. 그 종이나라에서는 무구한 목숨들이 피 흘리며 죽고 물에 빠져 죽는다. 나라는 그들의 아픔을 금세 잊고 말라서 누룽지처럼 일어나지만, 정작 그들의 '슬픔은 마르지 않는 종이죽처럼/ 봄햇살에 다시/ 끈적하고 질척하게 살아난다'.

우리가 뜨거운 거리에서 최루가스를 마시며 어깨를 겯고 나아가고, 춥고 어두운 도심의 거리를 촛불로 가득 채운 것은 '종이나라'를 거부하고, '젖은 슬픔'을 말리기 위한 숭고한 제의였다. 그 뜨거운 제의를 치르며 우리가 더불어 가닿고 싶었던 곳은 어디였을까?

'종이로 만든 나라'가 아니라 '보랏빛 제비꽃이 깐깐하게 감리한'(「제비꽃이 감리한 집」) 나라가 아니었을까. '하늘로만 날던 까치가/ 안심하며 땅에 내려앉고/ 눈치 보며 먹이 찾던 고양이가/ 여유롭게 앉아/ 먼 하늘을 쳐다보는'(「새롭고 따뜻한 날」) 그런 여유와 평화가 깃든 곳이 아니었을까.

우리가 천박한 자본주의에 영혼까지 빼앗긴 채 서둘러 내

다버린 목록들 중에는 안타깝게도 '새롭고 따뜻한 날'에 대한 꿈마저 섞여 있었던 것은 아닐까. 소위 미래파 이후의 시인들에게서는 좀체 찾아보기 어려운, 김진희 시인의 '공동체적 가치'는 우리가 '목욕물을 버리면서 아기까지 버린 것은 아닌가' 아프게 묻고 있다.

현대시세계 시인선 **098**

거미에 기대어

지은이_ 김진희
펴낸이_ 조현석
기 획_ 백인덕, 고영, 박후기
펴낸곳_ 북인
디자인_ 푸른영토

1판 1쇄_ 2019년 04월 20일
출판등록번호_ 313 - 2004 - 000111
주소_ 121 - 842 서울 마포구 서교동 467 - 4, 301호
전화_ 02 - 323 - 7767
팩스_ 02 - 323 - 7845

ISBN 979-11-87413-98-1 03810

이 도서의 국립중앙도서관 출판예정도서목록(CIP)은
서지정보유통지원시스템 홈페이지(http://seoji.nl.go.kr)와
국가자료종합목록시스템(http://www.nl.go.kr/kolisnet)에서
이용하실 수 있습니다. (CIP제어번호 : CIP2019013596)

책값은 뒤표지에 있습니다.
저자와 협의 아래 인지를 생략합니다.